その婚約者、いらないのでしたらわたしがもらいます！

ずたぼろ令息が天下無双の旦那様になりました

氷山三真

ビーズログ文庫

イラスト／萩原凛

Contents

デミオン・ライニガー

王女に婚約破棄を
告げられた侯爵令息。
無実の罪で貴族から
追放されそうなところを
リリアンに婿として
拾われることに。

リリアン・カンネール

異世界転生した伯爵令嬢。
アランに婚約破棄を告げられ
デミオンに契約結婚を申し込む。

登場人物紹介

Character Introduction

マリア・スコット

社交界デビューしたばかりの
男爵令嬢。
アランの浮気相手。

アラン・ホール

伯爵令息。リリアンの婚約者。
マリアと婚約するために
リリアンに婚約破棄を告げる。

アリーシャ・ソニード

ソニード王国の王女。
ジュリアンを慕っており
婚約者であるデミオンに
婚約破棄を告げる。

ジュリアン・ライニガー

デミオンの弟。
デミオンのことを
良く思っておらず侯爵家から
除籍しようと企む。

プロローグ

最近は手っ取り早く、まぶたを開けるだけで異世界だったりするものだ。

（やったね、残念なリアリティーから、ハッピーファンタジーありがとうございます！これで優雅に暮らすんだ！）

などと考えた痛々しい過去が、伯爵令嬢リリアンには一応ある。

「アラン様、本日は一体どんなご用件でしょうか？」

カフェの貴族用の個室に通された、一組の男女とひとりの女性。普通に考えれば、恋人とその友人といったところだろう。しかも、男女は手を繋ぐどころか、腕を絡めるほどの至近距離だ。婚約者同士か、夫婦か、そんな関係でなければあり得ない。

「君って、どうしてそんなにお堅いんだよ」

（そりゃあ異世界転生したけど、やはり郷に入れば郷に従えって言葉を知ってるところからやって来たからだと思います）

前世の記憶を思い出してもう十年も経ったからか、リリアンもこちらの人間としての行動が板についている。そもそも前世の小説で見かけたような、転生のお約束などなかった。

朝、目覚めた時いきなり自覚したのだ。

　高熱も後頭部の怪我も事故も、まるでなし。悪夢も見なかった。本当に突然前世の自分の記憶を思い出したのだ。しかも、全然違う世界の人間だったという、信じがたい事実と一緒に。

　とはいえ、混乱した時は子どもだったので、助かったといえば助かった。当時のリリアンは、誰も知らない道具や名前、意味不明な単語を呟いていたのだが、子どもであったおかげで、空想や夢として扱われてすんだ。

「ねーアランさまぁ、マリアこのベニエ可愛いからもっと食べたいな」

「そうだね。可愛いマリアのために、好きなだけ注文しようか？」

「やだー、アランさまぁだーい好き！」

　それよりも、今はこの状況だ。何故、見知らぬ女性といちゃつく婚約者を見せられているのだろう。しかも真正面で。アラン様ことアラン・ホール伯爵令息は、リリアンの婚約者。昨年からお付き合いが始まり、そろそろ式のことを考えませんか？　な空気が、両伯爵家に漂う関係だ。

　その相手から本日急に話があると呼びつけられて、この状況。ここ数ヶ月、なかなか会えないとは思っていたのだ。――と、疑問を折り畳み、リリアンは澄まし顔でカスタード入りのベニエを見つめる。これに生クリームが入っていれば、前世の某ドーナツそっくりになるのにと自分を誤魔化す。そうでもしなければ、落ち着いていられない。

「マリアは前からここに来たいと言っていたじゃないか。遠慮せずに、何でも好きに頼んでいいんだよ」

「アランさまぁ、覚えててくれたんだ。マリア嬉しいー」

ひたすら甘い、婚約者のそんな顔は初めて見る。自分には覚えのないもの。食欲が湧かず、リリアンは揚げ菓子を見つめるばかり。

そうして、アランが決定的なことを口にした。

「……で、話すのも面倒なんだけど、君とは婚約破棄することにしたよ」

今、何を言ったのだろう？

「こんやくはき……ですか？」

子どものように、片言で返してしまう。自分の言葉なのに、どうも現実味がない。昨日までのリリアンならば、アランを見て素敵だなと思っていただろう。

その彼が、今どこかへ行ってしまった。見つからない。

「そう、婚約を破棄する。もちろん、僕と君の婚約だ。分かるだろう？」

何を分かれというのだ。けれども、彼の言葉は続く。きっともう、リリアンなど眼中にないのだ。だから、立て続けに言えるのだろう。

綺麗だと思った灰色がかった青い瞳が、優しそうな垂れた目が、全部リリアンにだけ冷

たく向けられる。安心できた声が、リリアンだけを非難する響きを有していた。

「君が僕に惚れてて、頑張ってるのは分かるんだよ。別に君の容姿が劣ってるとは言わないけど、もう少し華やかで可愛い格好でもいいかなぁ……って思うんだ。髪だって、他の子みたいにすれば良いじゃないか。流行ってる風に」

「アランさまぁ、かわいそう！　マリアがいーっぱい慰めてあげちゃうね」

そう言って、見知らぬ女性がアランの頭を撫でる。赤みの強い髪が、夕日みたいで綺麗だと思ったのはいつだったか。きっと初めてふたりで出かけた植物園の帰りだ。

「わあ、嬉しいな。マリアは可愛いのに、その上優しいなんて白百合のようだ」

「もう、アランさまぁってば！　そんなことばかり言って、もうもうマリア困っちゃう、もう！」

分かりやすく甘える女性に抱きつかれ、やに下がった婚約者を見れば、百年の恋も醒める。さらに、白百合は最愛の相手へ贈られる言葉だ。それがリリアンではなく、マリアという女性だという。

（はは……そうですか。そうですか）

リリアンは慣例に従い十六でデビューし、すぐにアランと出会い婚約した。同じ年頃の令嬢としては、順調な滑り出しだった。だから今年はこのまま、当たり前に結婚できると考えていた。いや、それしか考えていなかった。

浮気相手は昨年見なかった顔なので、今年デビューした子なのだろう。自分よりひとつ下の子に、してやられたのだ。

しかも、なかなか派手な装いで、色も凄いが金額も凄そうなドレスが目に眩しい。頭の大きなリボンには、もしかしたら宝石が縫い付けられているかもしれない。

「マリア、デビューしたばっかりなのに、アラン様に出会えるなんて……きっと運命だと思うの」

「僕もそう思うよ。マリアと僕は運命、きっと真実の愛だね」

限りなく金髪に近い色に、ふわっとしたヘアスタイルは今流行のもの。それが似合う彼女は、確かにリリアンよりも可愛いだろう。まるで綿菓子みたいだ。

それに比べリリアンの髪はありふれた色で、何処へ行っても埋没する。しかもすとんと真っ直ぐで、上手く巻くことが出来ない。瞳とて同じ。緑色はこの国ではよくある色だ。

だから、マリアの方が可愛いと彼は思ってしまうのか。いや、そうではない。彼がそう思っても仕方がないと、一瞬でも感じたことが悔しかった。

可愛くなれるように、自分はいつも気をつけていたつもりだった。好きな人にそう思って欲しいと、願っていた。実際可愛いと言ってくれて、その言葉を信じていたのだ。

けれども、本当は上辺だけだったらしい。それだから、欲しい言葉も貰えなかったのか。

（……そうだよ。だってわたし、まだちゃんとプロポーズされてない）

好きだと言われて、好きだと伝えて、それで全部だと思っていた。デートもしたし、髪飾りも贈ってもらった。他の子と同じように過ごしていたと思う。そうだと感じていた。

（だけど、わたしの思い込みだったのかな）

デビューの会場で、緊張して戸惑っていた時に、声を掛けてくれたのがアランだった。王都の公園にいるという可愛い動物の話をしてくれて、リリアンは見てみたいと言った。それがふたりの出会いだった。

リリアンのために飲み物を選んでくれたり、疲れないよう椅子を勧めてくれたりと気を遣ってくれて、親切な人だなと思った。その日の夜、リリアンは初めて家族ではない異性と踊った。ダンスの相手は、勿論アラン。

けれども、それが今はこうなのだ。

「じゃ、じゃあ、マリアはアラン様のお嫁さんになれるの？　……素敵！」

「ああ、マリアなら、絶対誰よりも可愛いお嫁さんになれるよ。今すぐ婚約して僕と結婚してくれないか、マリア・スコット男爵令嬢」

そう言って、アランが取り出したのは布張りの箱に入ったアクセサリーだった。この国では恋人や結婚相手に、お守りになる装飾品を渡すのがしきたりだ。だからこそ、リリアンはいつか自分も貰えるものだと思っていた。ずっと信じていたのだ。

「はい、喜んで」

けれども、現実は異なる。

目の前で瞳を潤ませているのは、自分ではない女性。

リリアンの両手は今も空っぽで、求婚も特別なアクセサリーもなにもない。昨日まで思いを馳せた幸せは、この瞬間をもって失われたのだ。

カタッと、椅子の音を立てる。だけど、何も変わらない。引き止める声どころか、一瞥だってない。

彼らは立ち去るリリアンを見てはいなかった。気がつきもしない。婚約破棄するような相手だ。そもそもリリアンの名前すら呼ばなかった。

つまり、そういうことだったのだ。

リリアンはくたびれた会社員のように、背を丸め馬車にさっさと乗り込む。家に早く帰らなくては。両親にことの次第を報告し、全てなかったことになったのだと伝えなくてはならない。揺れる馬車の中で、リリアンはうなだれる。座席から滑り落ちそうな身体を、何とか直す。それだけで、もう疲れてしまう。

（……わたしの一年は、何だったんだろう）

泣くのは嫌だった。きっと止まらなくなってしまう。なによりも、あんな男のために泣くなんて嫌でたまらない。自分が泣くのは、自分を大切にしてくれる人のためがいい。そうしたい。

（……わたし、これが初めての恋だったのに。絶対上手くいくんだと思ってたのに……）

家に到着しても、増すのは憂鬱ばかり。

アランとのことを両親に話さなければ。そう考えただけで心が重くなる。馬車での体勢が悪かったせいで背中も痛い。まずは部屋でゆっくり休もうと、リリアンは思う。心を落ち着かせる時間が必要だった。

リリアン付きの侍女のジルにお願いして、お茶の準備をしてもらう。こんな時、貴族のお嬢様に生まれたことに感謝する。どんなにくたびれていたとしても、ひとり暮らしならば自分で自分の面倒をみなくてはならない。

誰かの手助けが欲しいと妄想するだけで終わる前世のなんと過酷なことか。

（本当……これ、ありがたいわ。時間になれば食事は美味しいものが毎日用意してもらえるし、専門の人の淹れたお茶が飲めるとか、極楽では？）

自分の部屋にある、ひとり掛けのソファに座り込み、何も考えずに空を見る。このソファとて、転生して得た幸せだ。

（座椅子も良いんだけど、やはりソファは最高。このまま……結婚しないで生きていけないかな……いけないよね。わたし、ひとり娘だものね）

リリアンの前世は、おひとり様な生活だった。彼氏？　それは何処で売っていますか？　なんて、馬鹿なことを考えるぐらいに縁がなかった。それに前世には、いろんな恋物語が溢れていた。漫画に小説、ゲームにアニメ、ドラマや映画。恋を味わう媒体はいくらでもあった。だから余計に憧れてしまったのだろう。そして人より夢見がちだったのだ、多分。

（……デビューでアランに出会って……もう、彼以外全然考えなかったから……）

そこで、リリアンの恋物語は完結してしまった。もうゴールしたも同然で、ハッピーエンドしか見えていなかった。

（何か特別なことができたら、わたしは捨てられなかったのかな……折角前世の記憶もあったのに）

今から巻き返せるだろうかと思い、リリアンは自分なりに思案してみる。

けれども、貴族令嬢として生まれて、その生活に満足してしまっていた。特別な何かを目指そうなどと考えたこともない。

前世のリリアンの記憶をさらっても、特別な嗜みはなさそうだ。ごく平凡なサラリーマンの家に生まれ、料理は食べられるものを作れる程度。器用とはほど遠い。小説でよく見かけたみたいに化粧品や香水を作るなんて、とても無理だ。

そもそもリリアンの前世はただの社会人なだけで、専門知識が必要なスキルや資格持ちではない。勤め先で与えられた業務を淡々とこなすだけ。読書は好きだったが、恋愛やコメディ系の漫画と小説ばかり。今必要となる知識など、ひとつもない。

運動神経は人並みで、一芸に秀でているわけでもなく、文才だってない。

（……わたしの前世、活かしどころがない。これじゃあ、思い出し損じゃない！）

むしろ、令嬢としての嗜みである刺繍に苦戦している有様だ。

（ドアマットヒロインのように虐げる両親はいないし、姉妹格差とは無縁だし、欲しがり系従姉妹なんて見たことない。血筋的にも、実は聖女でしたという展開も見込めない）

特技だけでなく異世界転生のお約束も、ナイナイ尽くし。

そんな、ないものばかり寄せ集めの己が、しっかりきっちり、婚約破棄だけはあるのだから、今世もなかなかに厳しい。

（どうしよう……やっぱりお父様とお母様に言わないとダメなんだよね……う、胸が痛い）

ジルが出してくれた焼き菓子を頬張りながら、人生設計を再度考えてしまう。ひとり娘のリリアンは、お婿さんがいないと跡継ぎに困る。本当に困る。とても困った。

急遽、婿殿大募集となるだろう。

しかし、リリアンはつい先ほどまで婚約者がいるお嬢様だった。そこに、若い女性に乗り換えられたという、不名誉がつく。こちらは悪くないとどんなに説明しようとも、世間は何かあったのではと勘ぐるだろう。

もしくは、マリアとリリアンを比べてくるに違いない。あることないこと言われてしまうだろう。噂なんてものは、ただ面白ければいいのだから。

（……あっちの方が可愛かったよね）

容姿や年齢で貶められたら、どうしようと不安になる。

貴族の婚約は、家同士の繋がりが基礎。けれども恋愛結婚がないわけではない。ただ、そういった場合、別れたあとが面倒なのだ。特に振られた側が。リリアンとて、そのリスクを考えなかったわけではない。考えたが、初めての彼氏に浮ついて、振られるなんて結末を思いつかなかったのだ。

前世で読んだ物語のヒロインは、いつだって苦労していたはず。ライバルが出てくるなんて定番中の定番で、誰もが想像するお約束だ。それなのに、両思いならば、そのまま結婚まで一直線でいけると楽観的だった。何故そう考えたのか。

答えは簡単。前世でもよく聞く話だ。自分だけはそうならないという、根拠のない自信が全ての失敗の元。

しかもこちらの貴族の婚活は、前世の婚活より厳しい。毎年新たな令嬢が参戦する世界で、婚約に一度バツが付いた令嬢を誰が選んでくれるというのだ。本人が良しとしても、親がケチを付ける可能性が高い。

（だけど、ここでわたしが頑張らないと絶対にダメだ！　お父様とお母様は、妙ちきりんなことをしてるわたしに優しい、素敵な両親だから。この家をわたしが頑張って守らないと!)

前世を思い出したばかりの頃、リリアンは変な子どもだと思われていた。前世の記憶が今世の記憶と交ざってしまい、区別がつかないところがあった。当時の幼い自分では、いきなり湧いて出てきた記憶が何なのか、よく分かっていなかったのだ。何処で聞いたのか分からない言葉をいったり、廊下を急に走り出したり、あれこれ質問攻めにしたりもした。そんなリリアンに対して、叱らず優しくしてくれた両親は本当に寛大だったと思う。

前世の両親とは大違いだ。

(まあ、婚約破棄は貴族令嬢の嗜みみたいなものだと、前世のネット小説にあったし仕方がないよね)

そう、仕方がない。仕方がないこと。起きたことは、もう巻き戻せない。

リリアンは仕方ないと、呪文のように唱える。普通の令嬢として生きてきたのに、淑女として間違ったことをしていないのに、どうしてなんて考えても意味がない。分かっている、理不尽さに世界の垣根なんてないと。

今後、素敵と感じた相手はまず売却済みと思った方がいい。そこは前世と同じで、出来の良い殿方から順番に売れていくもの。優良物件には、約束された将来のパートナーが必ず隣にいるものだ。それをふまえて、リリアンと一緒に伯爵家を継いでくれる良き婿殿を探さなくては。

第一章　捨てる婚約者あれば、拾う婚約者あり

落ち着いたところで、リリアンは両親に本日の出来事を報告した。うじうじしていても、どうにもならない。怒られることを覚悟の上で、夕食後、家族でお茶を飲んでいる時に暴露したのだ。

ファミリールームは暖色の明かりに包まれ、ほっこりした雰囲気だ。先ほどから父が新たに見つけた古書の話をしていたが、会話が途切れたタイミングで、リリアンはアランのことを話す。

「……そ、そ、そ、それ……ほんとうなのかな？」

「本当ですわ、お父様。ですから、申し訳ありませんが諸々の手続きや交渉をお任せしてもよろしいでしょうか？」

不安げに、父であるロナルドを見る。

撫でつけた茶髪に眼鏡の彼は、どこからどう見てもインドア派の紳士だ。乗馬よりもボードゲームを嗜み、古書が好きで高価な本を買いすぎて、母イーディスに叱られることもある。

いつも優しいロナルドは、めったなことでは怒らない。怒るとしても、リリアンに手を上げたことなどない。だが、世に例外はつきものだ。

リリアンは叱責される可能性に、目を瞑る。ぎゅっと手を握りしめた。しかし、いつまでたっても怖い声は飛んでこない。

「……リリアン、辛かったね。もう大丈夫だよ」

降ってきたのは、ロナルドの優しい声だけだ。

「面倒ごとは構わないよ。こんな時こそ、僕に任せなさい」

とはいえ、震えている小指にまだ動揺が見て取れる。

「リリアン、その……アラン卿の新しいお相手は、どなたか知っているのかな？」

「男爵家のマリア・スコット様です。わたしの目の前で、アラン卿がプロポーズしていましたから」

ピキピキと、何かにヒビが入った音がする。

イーディスのカップだ。いつもの笑顔であるのだが、瞳が笑っていない。イーディスは秩序を重んじるきっちりした性格なのだ。それを示すように、まとめ髪もいつも乱れることはない。故に、アランの行為が本当に許せないのだろう。

大らかなロナルドとしっかり者のイーディスは、リリアンの理想であり、憧れでもある。互いに互いを補って助け合える関係に、アランともなれたらいいなと思っていたのだ。

「スコットというのは、間違いないのかい。リリアン？」

「ええ、あんまりなことをされたので、忘れられそうにありません」

ロナルドが難しい顔をする。ただの男爵ではないのだろうか。

「スコット男爵は、五年ほど前から商売がうまくいってとても羽振りが良くなった新興貴族だ。確か、スパイスの貿易で一気に一財産……いや、二財産ほど築いたと聞くよ。今はさらに手広くやっているらしいね」

「フォスル商会を知っているでしょう、リリアン？　輸入品を扱って、流行っている店よ」

イーディスが付け足して教えてくれる。その店はリリアンも知っている有名店だ。確かに出来たのはここ数年で、あっという間に支店が何軒も出来たはず。

「……アラン卿は我が家などより、お金の方を良しとしたのだろう。そんな男、こちらこそ願い下げだ」

「お父様のおっしゃる通りよ。本当に、随分な態度をとるものね」

つまりアランは同格の伯爵家よりも、お金持ちの男爵家の方が良かったのだ。しかもあちらは流行に沿った華やかな装いをした可愛い女性だった。華奢で小柄な割にスタイルも良かった。

しかも身につけるドレスも髪飾りも豪華で、色鮮やかなもの。リリアンには真似出来ないし、似合わない格好だろう。だけど、それが彼には良かったのだ。

それはつまり、リリアンのことは好みでもなく、本気でもなかったということだ。よりよい選択肢があれば、すぐそちらへ行ってしまう程度の気持ちだったということ。

（……わたしだけが舞い上がってたんだ）

改めて、ふたりの気持ちの温度差を突きつけられて、リリアンは心が冷える。

「でも、商会の方は大丈夫なのかしら？」

意味深に、イーディスが目を細める。それにロナルドもならう。

「ああ……精石を扱うにしては、少々迂闊なような気がするな」

「でしょう？　考え方の違いでしょうが、古くから言われてきたことには、意味がありますからね」

「お母様、それはどういうことですか？」

「フォスル商会は、婚約用のアクセサリーも取り扱っているのよ。その家の娘が、他人の仲を裂いたとなれば……良い噂とはならないでしょう？　それにね、精霊というものは一途な想いを好むの。だから、婚姻の時は精霊王に誓うでしょう」

「そうですね、大聖堂で誓い合うものですね」

そう、この国には神様の代わりに精霊王がいる。そして、人々の暮らしには精霊が関わってくる。精霊の力はこの国のいろいろなものに活用されていて、精石というのは精霊の力が込められている石だ。お守りとして使われるものもあれば、道具を動かす前世の電池のような役割をもつものもある。

その中でも、宝石のように輝くタイプの精石は誕生日のお祝いには勿論、婚約や婚姻のアクセサリーにもよく使われる。しかし、精霊が好まない人がもつとその輝きは失うとも言われている。

「だから、精霊術が関わる家は本来不誠実なことをしないものなのよ」

メイドがカップを交換し、淹れ直したお茶をイーディスが味わう。リリアンの母は厳しいが、それらには理由があることを説明してくれる。頭ごなしに非難したりはしない。

「スコット男爵夫人は大陸の方らしいから、こちらの風習やしきたりに疎いのでしょう」

「男爵自身も、大陸からの新しい価値観とやらをよく口にしてるよ。僕は新しいものを否定するつもりはないが、古くから言われていることを、全て否定するのもどうかと思うがね」

それから、ロナルドがリリアンに向けて優しく笑った。

「リリアン、君は僕らの素晴らしい娘だ。誰が何と言おうとも、君は君の素晴らしさを誇りなさい。それを疑ってはいけないよ。いつでも僕らが味方だと忘れないで欲しい」

「……はい！」

転生して良かったと思うことは幾つかあるが、やはり両親に愛されていることだろう。

リリアンの前世の家庭は温かいものではなかった。

利己的な父親が詰るのは、いつだって妻と娘だ。暴力こそなかったが、言葉は時にナイフよりも相手を傷つける。良いことは自分のお陰で、悪いことは自分以外のせい。そして彼の文句から逃れるために、母親は我が子を差し出す。かばわれない娘は、毎回暴言で踏みつけられた。

それはけして、幸せとはいえない家族の姿。

（……だから、わたしは今のお父様とお母様が大好きだよ。すごく大好きなんだ）

ここにはリリアンを気づかってくれる家族がいる。ここには、自分を労ってくれる家族がいる。病気になれば心配してくれて、悲しいことがあればどうしたのかと問いかけてくれる家族だ。

ならば、己に何が出来るだろう。リリアンは優しい両親に親孝行をしたかった。父と母がいてくれたから、今もこれからも幸せなのだと伝えたい。安心して欲しいと願うのだ。

（今度こそ、見誤らずにちゃんとした相手を見つけなきゃ！）

リリアンは心に誓う。

（次は、わたしとちゃんと結婚してくれる相手にする！　約束を守ってくれて……、好きかどうかではなく信頼できる人を探そう）

愛し合わなくても、手を繋ぐことはできる。恋だって、世間に多くある切っ掛けに過ぎない。それがなくとも、人生を一緒に歩んでくれる人がいるはずだ。何しろ貴族は政略でも結婚する生き物だ。リリアンと結婚してくれる人も、この国のどこかに絶対いるに違いない。

そうして、今の両親に喜んでもらうのだ。

「もう耐えられません。醜悪な貴方のことを愛するなど、これ以上関係を続けるなど、できなくってよ――デミオン、今夜を以て婚約破棄よ！　もう近寄らないで！」

若い女性の声が、城の大広間中に響き渡った。静寂がさざなみのごとく人々を呑み込み、隅々まで行き渡らせる。給仕役の城お抱えの使用人すら、動きを止めた。

今夜は王家主催の宴。国中の貴族が集まる夜だ。

ここソニード王国は海に囲まれた島国。精霊王を頂点に、精霊を敬う人々が住む国だ。その首都にそびえる王城の不滅の灯火と呼ばれる大広間は、騒ぎなど関係なく人々を煌々と照らす。この昼と変わらぬ光も、精霊の力による精霊術というものだ。光の粒子を集めた光球が大広間中を明るくしてくれる。そのため、精霊に感謝を捧げる儀式やお祭りなどが行われ、春夏秋冬それぞれ楽しみがある。

しかも、本日は夏を迎える祝いの宴。毎年行う大切な年中行事なので、どの貴族も当主は必ず出席する。勿論、リリアンの父である伯爵もだ。当主だけではなく、独身の若い貴族には出会いの場としても有名な宴である。何しろ、普段出会えない地方の人間も参加する大規模なもの。王都の貴族にこだわらないのであれば、大事な婚活場たりえるのだ。

陛下による季節への言祝ぎも終わり、程々に盛り上がったところでの出来事だった。誰も彼もが声のする方向、一際明るく輝くシャンデリアの下に注目してしまう。

「わたくし、以前から思っておりましたのよ。貴方、血の繋がった弟を虐めていたんですって？　しかも、自分の無能さを無視して、逆恨みして悪虐に走るなど……なんて愚かで醜いこと」

「……アリーシャ王女殿下」

そこには予想通り、一組の男女と、ひとりの男性がいた。

輝く美貌を振り撒くのは御年十六歳の王女様。太陽のように眩しい黄金の髪がふわふわで、今流行りの髪型の先駆けだ。湖水のような透明な瞳に、肌は白く儚げで精霊の如き美しさともっぱらの評判だ。どんなお化粧かは分からないが、プルプルでツヤツヤの肌が遠目にも分かるぐらい。ひと言も喋らなければ、まさに絶世の美少女そのものだ。

その彼女の側には金髪の青年が寄り添っていた。こちらもお肌プルツヤ系で、なんとも羨ましい顔面か。美少女に負けず劣らず繊細で女性的な面立ちだ。身にまとう衣装も凝っている。明らかに身分の高い殿方だ。

そうしてふたりで、もうひとりの殿方を非難しているよう。

なんだか既視感のある光景すぎて、リリアンは懐かしさまで感じてしまう。偉い人だろうと、婚約破棄を告げる場面は皆似た感じらしい。

時と場所を選ばない断罪劇は、まだまだ続く。扇を手に憤慨ですわなポーズで、王女は婚約者らしい相手を責め立てた。

「大体、わたくしに贈り物ひとつ、手紙一通送らないなんてどういうことかしら？　会いにだって来ないなんて許し難いわ！　代わりに貴方の異母弟であるジュリアンよりわたくしはいつも謝罪を受け、お詫びの品を受けております。こうやって弟君が真摯に支えているというのに、当人が傍若無人に振る舞うなんて本当にあり得ないことよ！」

「アリーシャ王女殿下、申し訳ありません。私の愚兄がこんなに人として、いえ男としても最低の存在であるなんて」

「ちが、違うのです。王女殿下、どうか話を……」

ぼっちで立たされている婚約者が、何かを告げようとする。けれども、王女の側に立つ青年――ジュリアンが完全に邪魔をする。王女に負けぬ声量で、兄を叱責し始めた。

「兄上、言い訳は見苦しいです。屋敷の者に聞けば、父上や母上に暴言を投げつけ、毎夜次期当主としての仕事を放り、遊びに明け暮れていると聞いています。それどころか、我が家の使用人に対しても酷い態度だとか。食事が気に入らず食器を片っ端から落とし、メイドには猥褻な真似をし、老いた庭師の背中を動けなくなるまで蹴ったこともあるというではないですか」

「そのようなこと、するわけがない」

「では、私に訴えた屋敷の者全てが嘘つきであると言うのですか？　残念ながら兄上……それは流石に無理があるのでは」

「……これは何かの誤解です、アリーシャ王女殿下」

しかし、どれだけ彼が訴えてもジュリアンの厳しい口調は変わらない。しかも王女の耳には決して届かないのだろう。多分聞く気がないに違いない。それを示すよう、悲劇のヒロイン顔負けで王女は泣き崩れる。それを側のジュリアンが支えていた。

これでは本当に、誰が婚約者か分かったものではない。

「わたくし、このような相手に耐えられません！　ああ、今もあまりの恐ろしさと愚劣さにこの身が震えて止まらないわ。性根の卑しさが見目にまで現れて、怖気が立つ。わたくし無理です――無理ですわ！」

そして、王女渾身の魂の嘆きが大広間中に広がった。これが舞台なら、まさしく最高潮なのだろう。

王女の婚約者が呆然とする。その立ち姿が頼りなく、王女よりも華奢に見えてしまうのは目の錯覚か。使用人に暴力云々といわれていたが、この細さで本当にできるのだろうか。リリアンの家の庭師の方が、ずっと逞しい。それどころか、よくよく目を凝らしてみれば、顔色も悪そうだ。気分が悪いというのではなく、病気か何かで頬がこけているようだ。

（卑猥なことをする前に、貧血で倒れそうに見えるんだけど……大丈夫かなこの人）

かくして、王女殿下主演の愛の劇場は非道の婚約者を脇へ、その婚約者の弟君をメインに大盛り上がり。スポットライトがあれば完璧だったのではないだろうか。

「アリーシャ王女殿下！　なんとおいたわしい。我が愚兄の不始末に言葉もございません。代わりに、尊くも美しき御身を私が生涯をかけてお守りしましょう。お慰めいたします」

「まあ、ジュリアン！　そのような言葉をわたくしに捧げてくれるなんて、その清らかさに精霊王も感激なさいますわ」

果たして、そうなのだろうか。リリアンには疑問しかない。

（……無理なんじゃない？　だって、精霊って一途が好きなんだよ？）

とはいえ、当人同士は大真面目なので、これも彼ら流の一途さなのだろう。

「アリーシャ王女殿下、お許しいただけるのですか。我が不滅の愛を？」

「ええ、ジュリアンの優しくも清廉な気持ちに、わたくしは何度も助けられました。そう、貴方はわたくしの偉大なる騎士だわ！　わたくしたちは美しき真実の愛を分かち合う、運命の恋人なのよ！」

困惑と白けた空気が、会場内を満たし始める。本来ならば、昨年婚姻したばかりの王太子夫妻がファーストダンスをするのだが、この状況でそれは難しい。楽団の演奏も、先ほどの断罪劇の瞬間から途切れたままだ。

「あ、あの……俺は？」

ぽつりと、ぼっちの彼が問う。けれども、王女はゴミを見るような目を向ける。

「要らないわ」

さらに追い打ちをかける。

「兄上、此度の不祥事。父上も母上ももう我慢の限界だそうです。残念ながら、我がライニガー侯爵家に兄上の居場所などありません。侯爵家から除籍する手続きを行いました」

「……そうか。俺はもう要りませんか」

リリアンは思わず、ぽかんと口を開けてしまう。すぐに扇で隠し事なきを得たが、それでもやはりおかしな話だ。辻褄が合わない。

（今の話、変でしょう？　だって今、除籍する手続きを行いましたって、言ったよね。これから行うではなく、もう行った、ですか？）

つまり、この話は全て仕込みだとばらしているようなもの。とはいえ、噂はあった。王家のことだから大きな声で言われないだけで、アリーシャ王女殿下は婚約者のデミオン侯爵令息よりも、その異母弟のジュリアンをお気に召しているらしいと。

城内でふたりの逢瀬を見たとか、デミオン侯爵令息が行うべきところで堂々とジュリアンが王女殿下をエスコートしたこともあったらしい。

「アリーシャ！　何をしている。ジュリアン卿もだ」

ここに来て、ジェメリオ王太子殿下の声がかかる。王女と同じ金髪と長い睫に彩られた顔が、非常に険しい表情を作っていた。既にある種大事となっているが、これ以上騒ぎを大くするのは得策ではないのだろう。

「話ならば、別室でしなさい。デミオン卿も」

王太子がデミオン侯爵令息へ声を掛ける。いや、元侯爵令息か。

けれども、当人はぼんやりしており、危なっかしい。それにやはり彼だけやたらと痩せている。それこそ病人並みに見える驚きの細さだ。

この大注目の場をよく見ようと移動してきただろう見知らぬご婦人方に押され、リリアンはよろめきそうになる。どうやら、野次馬のごとく後ろから、幾人もの貴族たちが集まってきたようだ。

丁度リリアンのいる場所が、一番見やすいのか。気がつけば見知らぬ人が遠巻きに、事の成り行きを観察しているよう。人々の好奇心という熱気が取り囲んでいく。

しかし、当事者は気がつかぬものなのか。

「あら、お兄様。その男なら、もうこの場にいる資格などございませんことよ。だって、貴族ではないでしょう」

「アリーシャ！」

兄である王太子に咎められても、ツンとそっぽを向く王女。自分は全く悪くないと思っているのが、丸わかりである。そこはもっと取り繕うべきだ。

今、多くの貴族の目が彼女を見ていることだろう。これが十歳にも満たぬ幼子ならば、まだ許される。しかし王女はもう十六だ。誰もが、社交界への一歩を踏み出す頃合い。それはすなわち、子ども扱いではないということだ。

リリアンの隣でも、その後ろでも、溜息がひっそりと落とされる。あの幼稚な少女が、我らの王女であるのかという落胆。もしくは悲嘆かもしれない。

ただ、この中にどれだけ王女の元婚約者を心配している人がいるのかまでは、分からなかった。王女のことならば誰もが注目する。けれども、その婚約者であった男性のことは、誰が心を配ってくれるのだろうと、リリアンは思う。

リリアンには父と母がいた。しかし除籍された彼には誰かいるのだろうかと、不安になる。自分も婚約破棄された故の同情だろうか。それとも、あの細い身体では倒れてしまうのではと気がかりだからなのか。

ぎゅっと、知らぬ間に扇を持つ手へ力がこもる。

「デミオン卿、我が妹が失礼をしたようだ」

「いいえ、殿下」

首を振るデミオンへ、王太子が痛ましげな顔をする。

(あっ……)

それを見て、リリアンの胸が痛む。じくじくと傷が苛むのは自分の婚約破棄のことを思い出したからだ。あの時の自分もデミオンと似通った顔をしていたのではないか。あんまりな出来事が起きてしまって、自分はどうしていいのか分からなくなってしまったのだ。

(……だって、それじゃあ……そんな風に言われてしまったら、わたしが変だって、全然ダメだって言われたみたいだったから)

周囲を見渡せば、自分以外の年頃の令嬢はみんな片手を婚約者に預け、それがごく当たり前のように振る舞っている。いや、それが普通なのだ。しかし、リリアンはその道から外れてしまった。前世の記憶の中でも愛される話は沢山ある。結婚式にだって何度か招待された。愛し合うふたりが結ばれることは珍しくもない。

それなのに、自分は要らないと烙印を押されてしまった。あの絶望を、彼はたった今味わっている。

それでもなお、感情のままに振る舞うことは許されず、何でもないふりをするしかない。必死に平気ですという体でいなければ、貴族として相応しくない。平然としていなければ、自分で自分を不良品だと認めてしまうことに繋がるからだ。

同時にある考えが浮かぶ。

王女や家族である侯爵家が要らないと言うならば、この方をわたしが貰ってしまっても良いのでは……と。リリアンには婚約者が必要で、彼には居場所が必要だ。

周囲に目をやるが、立候補する淑女はいないよう。ならば、やはり先手必勝、お手つきしたもん勝ちではないだろうか。

「――あの、その……大変恐れ多くて申し訳ございませんが、こちらの殿方をわたしがいただいてもよろしいでしょうか？」

正直言ってリリアンは、自分の声がそんなに良く通るとは思わなかった。

けれどもどうやら、思い切り響いてしまったらしい。ざっと周囲の人々が波のように、身を引く。同時に高貴なる関係者一同が、リリアンを見た。四人分の目が容赦なく自分へ向かう。突然の注目に驚くのはこちらである。

リリアン以上にぎょっとした顔で、王太子殿下がこちらをまじまじと見る。そして次の瞬間、頭痛の種が増えたというような表情をするのだ。失礼ではないかと、少し感じたことは秘密である。

沈黙が重苦しい部屋で、リリアンは身動きせずソファに腰掛けたままだ。隣には、呼びつけられたロナルドがいる。その表情はリリアン以上に硬い。これは仕方がない。場所は王城の数ある応接室のひとつだろう。深刻そうな顔の役人にしばしお待ちくださいと言われたきり、ずっとこの状況が続く。

部屋には、先ほど婚約破棄されてしまったデミオンもいる。王女とジュリアン側は別室に呼ばれたようだ。同じ場所に放り込まれたら、さらなる騒ぎの種にしかならないことぐらい、リリアンにだって想像がつく。

(今回の婚約破棄、王家はどうするんだろう?)

渦中の婚約は、先王が孫娘であるアリーシャ王女のために用意したもの。幼い頃に決められた相手だ。どうも年老いた先王にとって、王女はとても可愛い存在だったらしい。孫可愛いは、異世界でも共通なのだ。その甲斐あって、アリーシャ王女は我が儘姫なんて不名誉な二つ名を持つ。

それはともかく、先王の決めた婚約はいくら王女が我が儘とはいえ、存命中は好きに出来なかったのだろう。しかしその先王が春の宴前に遂に倒れ、亡き人の魂が潜るといわれるアルカジアの門を潜られた。いと高き天宮へと魂が上り、安らかな揺籠へと還られたに違いない。

ならばチャンス到来、悲願達成とばかりに、王女とその恋人は大盛り上がりで、此度のことをやってのけたのだろう。それも侯爵公認の上で。

リリアンはジッとしているのに、いささか疲れてきた。とはいえ、自分だけ動き回るというのも気まずい。

扉の警護の騎士も、給仕をしているメイドも、直立不動でぐらつきもしない。お茶と焼き菓子は超一流で大変美味しいが、心から味わえない雰囲気がある。城勤教育は素晴らしいと感じるものの、心安らかとは遠いところ。

そうなってくると、動かせるのは視線のみ。そして、リリアンが今最も気になるのは当事者のデミオンだ。

見誤らないようにと思ってはいたが、気持ちは完全に彼寄りだ。リリアンの婿候補として、彼が一番なのではと思ってしまう。

安易すぎると冷静な部分が指摘するが、先ほどの婚約破棄を思うとどうにかしたいと考えてしまう。それにポジティブに捉えれば、彼は王女の元婚約者だ。人材として悪いとは思えない。さらに元侯爵家嫡男の肩書きもある。

何よりも大きいのが、先ほどの婚約破棄だ。痩せ細った身体に、辻褄が合わない相手の言い分を含め、理不尽すぎてリリアンはどうしても納得がいかない。酷いとさえ思ってしまう。同じ部屋にいる彼を見れば見るほど、そんな人だなんて信じられない。

だから王女が要らないと宣言したならば、じゃあくださいと手を出したところで、文句はないはず。

しかも彼は侯爵家から除籍された身。この部屋に誰も来ないことから考えても、行く宛てがあるとは思えない。

デミオンのご実家ライニガー侯爵家は、東部に領地を持つ大貴族。所有する港は大陸との貿易港で、島国ソニードの玄関口でもある。確かな領地経営と的確な商才によって、国内有数の経済都市を誇っていると聞く。

貴族の後継は、普通長子の男児と国により定められている。なお、カンネール家は男児がいないので、リリアンの婿に一旦仮として預けられる。後、リリアン自身が産んだ男児が正式に継ぐこととなる。

そういうわけで、順当にいって長子のデミオンが次代当主で覆らないはずなのだ。多分、侯爵家は何らかの理由をでっち上げたのだろう。よく耳にするパターンが、脆弱で当主の務めができませんというもの。さらに酷い例もあるが、おおよそその辺りだろう。

リリアンはそっと茶菓子を摘まむふりをして、テーブル越しにデミオンを眺めた。観察してみる。

彼は一言で言うととても貧相だった。大広間でもそのように見えたが、近くで見ればますますそれがよく分かる。栄養が足りないかのように、身体全体が細い。爪楊枝か何かのよう。身長が高いので、よりそう見えるのか。

しかもさらに拍車を掛けているのが、その顔だ。頬はこけクマはくっきり、唇もかさかさ。髪に艶はなく、肌にも張りがない。前後左右、どう見回したとしても、これはただの病人である。醜悪とか、卑しさが見目に出ているなどと非難されていたが、正直、見当違いな文句にしか聞こえない。

（もうちょっと……近くで見たいけど、流石にそれは無理だよね）

青白い顔色は、婚約破棄がショックだったのか、それとも体調不良が過ぎてのどちらかだろう。それ以外の理由がない。確かに、今回の件は堪えただろう。何度見ても細い身体は薄っぺらく、夜遊びする体力すらなさそうだ。むしろ日夜寝込んでいると言われたほうが信じられる。

（あと……衣装がとっても安っぽく見えるのが気になるよ）

衣装のセンスが本人のものかは知らないが、侯爵家の嫡男だった人が着る仕立てではない。そもそも身体のサイズに合っていないし、デザインも古臭い。懐古主義が過ぎて、アンティークに片足を突っ込んでいるレベルだ。思わず涙を誘うのが、丁寧な繕いがされているところだろうか。王女と一緒にいた弟は、明らかにピカピカの新品の衣装だというのに、この落差。前世で見た、灰かぶりのお姫様を思い出してしまう有様だ。

（こういうの……わたし、知ってる！）

リリアンが内心、閃きを得たところで、誰かが到着したらしい。

待ち人来たりで、やっと応接室のドアが開く。護衛と側近を連れ立って入ってきたのは、王太子殿下その人だ。殿下の登場に、室内にいる全員が立ち上がり礼をとった。

王妃陛下に似た容姿は正統派の美しさ。ふわふわしているアリーシャ王女とは系統が違う。サラサラの金髪に、妹姫より濃いめの瞳をした殿下は、まず最初デミオンへ謝罪した。

「すまない、デミオン卿。其方にはなんの落ち度もない。全ては我が妹、アリーシャの我が儘だ」

それを首を振りつつ、彼は否定する。

「頭をお上げください、ジェメリオ殿下。王女殿下が俺に愛想を尽かしたのは紛れもない事実です。俺自身の不徳の致すところ。父上にも義母上にも、異母弟にも見限られたのも、何もかも俺が悪かったのでしょう」

「しかし、私にはどうしても信じられない。其方の素行が酷いと言われていたが、それは全て作り話ではないのか？　それに昔と違い、随分と身体が細くなっている。私は其方を廃嫡し除籍までする侯爵に、納得いかないのだ」

デスヨネーと、リリアンも首を縦に振りたい。

それにライニガー侯爵は、確か後妻を迎えたと人づてに聞いた。ならばジュリアンとデミオンは母親違いの兄弟だろう。普通に考えれば、間違いなく継子虐めだ。庇うべき実の父親も一緒になって行ったに違いない。

（やっぱり、これ知ってる。前世で読んだ不遇のドアマットヒロインと同じでは？　異母兄弟に継子虐め、それに婚約破棄までいったら三種の神器でしょ！　さらに廃嫡除籍のツーコンボを決めてるんだから、もうそれしかないのでは？）

「……それでも。いいえ、だからこそ俺は王女殿下の心を捉えることができませんでした。家族にも捨てられる程度の、魅力のない人間なんです」

　力なく笑う姿は、己への失望なのか。

　見ているだけで痛々しい。吹けば飛ぶような体だからか、余計に辛い。我が儘王女の行動を自分の責任ととるなんて、貴族としては正しくても、人としてはどうだろう。そこまで己の責としては生きづらかろう。

　彼を貶めた連中は、負うべき責任すら負わない頭頂部お花畑人間かもしれないのだ。真面目な人ほど馬鹿を見るなどというのは、我慢ならない。

　リリアンは大きく息を吸うと、思いっきり吐き出した。

「話の途中ですが、よろしいでしょうか!!」

　余程の声だったのか、ぎょっとした顔で両者が振り向く。部屋の空気と化していたロナルドもあんぐりとした表情だ。

　だが構うものか。女は度胸と前世の記憶が応援する。相手がいなければチャペルの鐘すら鳴らせない。行動すればそこに道ができるはず。

大股でリリアンはズンズン進む。マナーもへったくれもないが、猪突猛進、欲しいものは真っ先に手を伸ばせ！

「デミオン様！」

呼ばれた彼は目をパチクリさせた。少しあどけなくて可愛いと、リリアンは思ってしまう。

「わたしから言わせてもらえば、全くそのようには思えません。とりあえず王女殿下のお好みではなかっただけ、ただそれだけです。悪くなんてありません！」

「あ、あの……」

「君は……カンネール伯爵令嬢かな？」

ちらりとロナルドを見て、殿下は気がつかれたらしい。若干引き気味なのは見なかったことにする。

リリアンは今更ながら、王族へカーテシーを披露した。

「はい、わたしはリリアン・カンネールでございます。そして現在我が家では、婿殿を熱烈に強烈に大募集しております！」

リリアンの赤裸々な言葉に、ロナルドが慌てふためいた。まさか、いきなり言うとは思ってなかったらしい。しかし、何でも最初が肝心。

要求は的確に分かりやすくが一番だ。

熱意が猛烈に、リリアンの体を押してくれる。

「デミオン様。失礼を承知で申し上げますが、我がカンネール伯爵家に婿入りなさいませんか？　美味しいご飯とふかふかのベッド、八時間の睡眠をお約束します！　おやつもありますし、綺麗な庭もあります！　うちのメイドは骨太の既婚者が多いですし、庭師は筋骨隆々で変な噂にも屈しません！　服も我が家で仕立てましょう！　馴染みの店にいいデザイナーがおりますし、我が家のかかりつけ医は優秀です！　日当たりの良いテラスでは、お昼寝や日向ぼっこだってできますよ。是非、わたしのお婿さんになって欲しいのですっ！」

轟くリリアンのお願いに、どうやら室内の誰も彼もがびっくりらしい。城勤たちも身体を揺らして驚いている。しかし、似通った内容は城の大広間でも発表済みだ。

それに何よりも、さっき見てしまった彼の顔がとても悲しそうなのだ。そういうのは良くないと、リリアンは思う。前世でも、笑う門には福来たると言うことわざがあった。笑顔は最強の武器で防具なのだ。背中を丸め、過去を嘆くよりはずっと正義だろう。

「突然の申し出、驚かれるのも無理ありません。ですので、こう言っては何ですが、わたしと契約結婚致しましょう!!　わたしとデミオン様はそれぞれ、互いに必要としているものを用意できます。わたしはデミオン様に我が家の婿の座を差し上げますので、デミオン様はわたしの婿までいかずとも、婚約者になって欲しいのです」

「……け、契約、結婚……ですか？」

「ええ、何しろわたしとデミオン様はたった今出会ったばかり、恋も愛もすぐに落ちたり生まれたりしません。それは舞台や本の中だけの出来事です。ですが、婚姻するだけならば両方いりません。必要なのは信頼で、協力できるか、約束を守れるか、そういったところが一番大切です!!」

そう言うと、マナー違反で破廉恥だと思うが、リリアンはデミオンの手を勝手に思いっきり掴んだのだ。

「か、カンネール伯爵令嬢」

目をまん丸にして、デミオンが慌てているようだ。その気持ちは分かる。が、リリアンとて大真面目。ジョークで求婚など出来るわけがない。これが常識外れどころか、令嬢としてあり得ないのは自覚している。普段なら、絶対こんなことはしないだろう。けれども、降りかかる理不尽が許せなかった。

物語ならばそれを運命だと認める人がいるかもしれないが、許して良いのはハッピーエンドの時だけだ。だから、この手を取って欲しい。自分は絶対に彼を幸せにする。幸せにして、忘れていい記憶に変えてしまいたい。

ここで一気にたたみかけるように、ズンズン彼へと迫る。顔を近づけていく。

「さあ、さあ、デミオン様！　どうか、我が家の婿殿に！」

だがしかし、そこでふたりを引き離すように誰かが割り込んだ。

「リリアンッ！　は、は、はしたないから、その手を離しなさい！」

「お父様、何をするのです！　わたしは今我が家の薔薇色の未来を懸けて、お婿さんになってくれないかと打診をしているのです。こんな優良候補、もう巡り会えません！　きっと我が家の家宝になります！」

「家宝って、リリアン！　人は物じゃない。それに、契約の話は初耳だ。どういうことか、まず説明しなさい！」

「それは言葉のアヤではないですか！　物だなんて、お父様でも失礼が過ぎますよ！」

「いや、何を言って」

「ほら見てください、デミオン様だって驚いているではないですか！　謝罪を要求します！」

「違う！　こちらは、いい加減落ち着きなさいと言っているんだ！」

父娘で延々と言い合っていれば、そこでぶほぉっ！　と、誰かが盛大に吹き出す音がする。父娘で顔を向ければ、王太子殿下が崩れ落ちそうになっていた。

「き、君たち……カンネール伯爵も、落ち着きなさい。デミオン卿も、その……す、座ろうか」

一歩踏み出したジェメリオ殿下がふらついてしまう。咄嗟に側近が支えたが、遂に王太子殿下は笑いだされた。それはもうすこぶる楽しそうでなによりだ。

「……失礼をした、すまない」

笑いやんだジェメリオ殿下が謝ってくれる。でも目の端に涙が見えているので、まだ少々楽しい気持ちなのだろう。

リリアン自身はといえば、周囲の様子を見ることで、興奮が収まってきた。やってしまったなという気分だ。とんでもない行動をし、はしたない行為をしてしまった。

それでも、後悔はない。

「デミオン卿の婿入りを望むと聞いたが、カンネール伯爵。卿の御息女は婚約者がいなかったのかね？」

「それは……」

言い淀むロナルドに代わり、リリアンが話す。挙手してしまったのは前世の名残だ。

「ハイ！　わたしはごくごく最近、婚約者に婚約破棄されました。若くてお金持ちの女性に乗り換えるということで、愛し合うふたりのプロポーズを見せつけられました」

途端、室内の温度が変わる。否、体感温度が急激に下がってしまった。

（あれ、室内が凍りついている？）

城勤の護衛騎士も、王太子の側近も、それどころかメイドも完全なるフリーズだ。いや、王太子殿下とデミオンも同様か。

「……非常に、非常に辛い話をさせてしまったようだ」

「もう過ぎた話です」

「カンネール伯爵令嬢は精神が堅牢なのだな」

お誕生日席のジェメリオ殿下を中心に、リリアンとロナルドが並んで座り、その向かいにデミオンが着席する。全員が座ってすぐ紅茶が配られた。室内に良い香りが漂う。

「では、カンネール伯爵家ではデミオン卿を娘婿として迎え入れると」

「はい、勿論です！」

食い気味に答えるが、これこそが情熱と分かって欲しい。

「デミオン卿はどうだろう？　私個人の意見を言わせてもらえれば、卿をこのまま失うのは惜しいと思っている。最初は何をと思っていたが、伯爵も令嬢の事情も判明した。私には悪い話とは思えない。このままカンネール伯爵家に婿入りしても良いのではないだろうか。このように、カンネール伯爵令嬢は大変前向きな考えの持ち主だ」

「……俺にはあまりにも過ぎた話で、驚くばかりです。また王太子殿下のお言葉、身に余るもので……買いかぶりすぎではと」

「其方は随分と自信がないんだな。……まあ、あの家族では仕方あるまい。だが、私は卿と過ごした幼い頃を覚えている。私がまだ理解していなかった乗算式や歴史、古語や外国語など、其方はすらすらと答えていたではないか」

「それはたまたま、偶然の産物です」

「果たしてそうであったかな。まあ、其方がそう思うならば、それでもよい。だが、カンネール伯爵令嬢との話は是非受けて欲しいものだ」

　王太子の後押しもいただいたからか、デミオンがこちらを向く。視線が合ったと思ったのだが、また俯いてしまった。シャイな方なのだろう。

「俺は廃嫡どころか、除籍される身。貴族籍を失った俺は平民となりますが、それでも良いのでしょうか」

「……それは」

「お父様、何を渋っているのです！　わたしはデミオン様でしたら、平民であっても問題ありません！　デミオン様は今まで、侯爵家嫡男としてご自身を立派に修めてきたと信じております」

　直接話をうかがってはいないが、きっとそうに違いない。王太子が買っている相手だ。頭の中身が残念であるはずがない。

　そもそも先方は王家主催の宴で堂々と婚約破棄などしてくる常識知らずだ。そんな輩の言い分なんて、右から左にスルーするに限る。信用など出来るものか。

「……カンネール伯爵令嬢は、俺を、俺を信じてくれるのですか？」

顔を再び上げた彼と、真正面で瞳と瞳がぶつかりあった。疲れた目だが、その奥には真摯な光が宿っている。それはまだ諦めたくないという——僅かな望みだろうか。

くたびれた顔の中に、求める心が確かにある。ならば応えてみせたい。リリアンはそう思うのだ。

「お任せください！　わたしはこれぞと決めた旦那様には、誠心誠意尽くす気持ちでおります。困難にも逃げるのではなく、手を握って共に断崖絶壁を登りきりましょう。そこで素敵な朝日を拝んで、一緒に幸せになりませんか？」

ロッククライミングは前世でも経験はないが、苦労をふたりで分ければ半分になるだろう。喜びはふたり分だから、二倍味わえる。と、前世で聞いたことがある。

（大丈夫、わたしは大切な人のためなら、チントンシャン。三つ指ついて、一歩後ろをしずしず歩くことだってできる女。うん、できる。きっと、できるとも！）

リリアンは前のめりでデミオンに迫る。

「ここはドーンと、不沈船舶に乗ったつもりでわたしと運命を共にしてください‼」

思わず、熱い思いの丈を拳に込めて胸を叩いてしまった。この、乙女渾身のボディランゲージを信じて欲しい。

「待て、デミオン卿は平民とはならない」

　リリアンの挙手を真似たのか、ジェメリオ殿下も軽く手を上げ発言する。

「其方の身分に関してだが、確認したところ今日付けで確かにライニガー侯爵家から籍を外されているようだ。けれども、デミオン卿がそれで貴族でなくなることはない。……少し私に時間をくれないだろうか？」

「ジェメリオ殿下。もしやそれは俺の母である、前侯爵夫人に関する話でしょうか？」

「そうだ。前ライニガー侯爵夫人の生家は子爵家で、彼女以外に継ぐべき親族がいなかったらしい。そのため爵位は王家預かりとなっている。本来は其方が侯爵家当主となった時にと思っていたが、こうなったならばすぐにでも返還及び襲爵手続きを行う」

　どうやら、デミオンの母親は子爵令嬢だったらしい。そこから侯爵家へ嫁入りなんて、なかなかの玉の輿だ。どういう経緯なのだろう。しかも、跡継ぎ娘が嫁入りだなんて、珍しい。

「ハイ！　では、手続きが終了しましたらすぐにでも婚約し、早々に婚姻しましょう」

「はい？」

「こういうことは、できるだけ早く済ましておくと良いと思います」

　驚くデミオンを余所に、リリアンはまた挙手して発言した。

（いやだって、そうでしょ？　この手の話、わたしは前世で読んだ小説や漫画でちょっとは詳しいんですよ）

とはいえ、アランを見抜けなかったリリアンだ。前世の小説を読んでいても、上手くはいかないのだと分かっている。それでも何かが起きるかもしれない可能性ぐらいは考える。後からやり直したいと復縁を迫る展開は、前世の婚約破棄ものでもあった。相手がそんなことを言い出すなど信じられないが、万が一ということがある。

埋められる外堀や何かは、早急に埋めておきたい。危険を避けるためにもだ。手っ取り早く婚姻を済まして悪いことなどない。

「私も、それには賛成する。我が妹のことながら、どのような言動をするか分からない。また、場合によっては婚約破棄を翻すこととてあるだろう。考えられないことだが、今夜その考えられないことが起きたのだ。もう何が起きても、妹に関しては驚かないつもりだ」

王太子殿下も援護射撃してくれる。

この話し合いで、項垂れてしまったのはロナルドだけだ。もうお嫁に行くなんて……と、ボソボソ言っている。いやしかし、リリアンは婿を貰うので、けして家を出るわけではないのだが。そこは男親故の、複雑な親心なのだろうか。

「リリアン・カンネール伯爵令嬢。不束者ですが、どうぞ幾久しくよろしくお願い申し上げます」

立ち上がり、デミオンがリリアンに向かって最敬礼をする。本来ならば、王族へのみ行われるものだ。

片足を後ろに下げ右手を胸に、もう一方の手はしなやかに伸ばす。指先まで綺麗にそろえたものだ。そうして、頭を下げてくれる。

「顔を上げてください、デミオン様」

目の前にはやはりひょろっとした、不健康万歳の殿方がひとり。でもその両目に灯る希望を、リリアンは素晴らしく思う。そうだ、人生全て諦めるにはまだ早い。

前世で読んだ小説でも感じたものだ。不遇な主人公が諦めたり傷ついたりする度に、そんなことはないと思い続けていた。時には興奮して、諦めちゃダメだ！　と、漫画を読みながら口にしてしまったこともある。だからだろう、デミオンの姿はその主人公に重なって見える。幾つものドアマットヒロインが、リリアンの頭を駆け巡る。

ずっと自分は特に何もなく、前世の記憶だってなんのためにあるのか分からなかった。ナイナイ尽くしで、役立たず。そうだと思っていた。

（でも、違う！　もしかして……わたしは今この瞬間のために、思い出したんじゃないかな。だって、デミオン様はどう見たって、ドアマットヒロインと同じだよ!!）

これが精霊王のお導きか、前世の神様の縁によるものか知らないが、きっとそうに違いない。絶対、そうなのだ。

前世で見た悲しい主人公のように、願うことをやめないで欲しい。絶望の沼に落ちたままにならないでと、リリアンは思う。

やめるのはいつだって出来る。手を伸ばして摑めるものがあるのならば、摑んでしまえ。リリアンが丈夫な命綱代わりになってもいい。

「貴方を迎えられ、わたしは誇らしく思います。貴方の培ってきたものを、その尊い価値を、わたしにも守らせてください」

その手で積み上げたものに対し、胸を張って欲しいのだ。

「お母様、わたしの婚約者が本日決まりました！　一緒に喜んでください！」

新たな婚約者デミオンを連れて、リリアンは父ロナルドと屋敷に帰った。何しろ除籍されたライニガー侯爵家のタウンハウスに、彼の居場所なんてない。そこでカンネール伯爵家の屋敷に着の身着のまま連れてきたのだ。

デミオンのことに関しては、王太子殿下がきちんとしてくれるという。と同時に、ライニガー侯爵家へのペナルティーに関しては、渋い顔をしていた。ライニガーの領地は王家にとっても大事な場所。大陸への扉を持っている、かの侯爵家が反抗してくるのも困るのだろう。だからこそ、王女殿下の嫁ぎ先にも指定されたのだ。

しかも今夜のやらかしの片棒を、王家の姫が担いでいる。人によっては、唆したのは王女側と思う貴族もいるはずだ。よって片方に重い罰を与えれば王家の求心力を脅かす。軽すぎてもまた同じ。舐められるわけにもいかない。一方的に処罰は出来ず、双方痛み分けとせざるを得ないのだろう。

「まあ、リリアン！　その素敵な殿方はどちらかしら？」

どうやら、うちの執事の体格が良すぎて、背後に隠れてしまったよう。執事のハリーは巨漢で執事に見えない執事なのだ。

「こちらです、お母様。こちらの殿方が、わたしの婚約者となる……デミオン様です」

「ご紹介に与りました、デミオンと申します」

「まあ、ご丁寧に。ですが、デミオン様はただのデミオン様でしょうか？」

母イーディスの目が、キラリと光る。

「お母様、デミオン様は元ライニガー侯爵家嫡男のデミオン様なのです！　ただ、一言では言い表せない深い事情がありまして、現在はデミオン様なのです」

「分かりました。貴方もこの件に関してわたしに説明願いますわ」

イーディスがロナルドを呼ぶ。その目は隠し事や誤魔化しなど許さぬという、意思が明確だ。リリアンはその厳しさにどきりとする。

ロナルドは事のあらましを、包み隠さず話すしかなかった。

「分かりました。デミオン様は、侯爵家嫡男の座を追われ、廃嫡除籍とされたのですね。それで、前侯爵夫人の子爵位を襲爵なされると……」

円卓を囲んで座る中、イーディスが息をつく。僅かに顔が曇っているのは、やはりこの話を良くは思っていないからなのか。

食後の団らんに使用するファミリールームで、リリアンたちは話し合っていた。主な説明はロナルドがとりおこない、リリアンはイーディスの説得にあたる。

「お母様、わたしはデミオン様が良いのです！　こう申しては何ですが、一方的に婚約破棄してきたホール伯爵令息よりも、ずっと誠実なお人柄だと思うのです」

「……リリアン、貴女はホール伯爵令息にも似通ったことを言っていたのよ。まあ、デビューしたばかりだったし、ちょっとお行儀の良い殿方を見るとそう感じてしまうのも、無理ないのだけど」

そうでしたっけ？　と、リリアンは首を傾げる。しかし、考えれば考えるほど、そう指摘されても仕方がないと気がついた。リリアンの持つ前世の記憶とやらでも、年中無休で彼氏いない歴を更新し続けていた。そこに貴族令嬢としての生活が加わったところで、男を見る目が、養われているはずがない。

「わたしは前侯爵夫人は存知上げないのだけれど、現ライニガー侯爵夫人は少し知っているのよ」

「どのような方なのですか？」

「そうねえ……一言で言うならば、面倒そうな方かしら？　彼女はきっと、前侯爵夫人を快く思っていないわ。まあ、だからデミオン様もご苦労されたと思うのだけど」

「ああ、現侯爵夫人はお綺麗だけど、雰囲気がどうも苦手かな……僕も。うちは伯爵家だし、あちらと領地が近いわけでもないから、ご挨拶なんてそうそうしないんだけど、夜会で遠目に見るからね。華やかではあるよ」

「そうね、綺麗な大輪の花よ。その根まで美しいかは分からないですけど」

「お母様はわたしが面倒な方に目をつけられると思っているから、反対するのですか？」

「できたら、問題が欠片もなく、石や窪みのない整った道を歩いて嫁いで欲しいと思っているわ。だけど、それがとても贅沢な願いだとも知っているの。生きていれば、大なり小なり面倒ごとが起きるでしょう。親というのは庇いたくとも、それを全て庇ってあげることもできないの」

「カンネール伯爵夫人。よろしいでしょうか？」

デミオンがイーディスの方を向く。

「今の俺では、何と驕った身の程知らずの若造とお思いでしょう。けれども、俺は俺自身を信じてくれたカンネール伯爵令嬢へ報いたいと思います。そのために、出来うる限り彼女を守るつもりでいますし、たとえかつて家族だった者と敵対するとしても、怯まず盾となるつもりです」

「これは随分と大きなことを言う婿殿だね。君とリリアンは契約結婚する仲なんだよ。なのに、僕の役割を奪ってしまうのかい？」

「貴方……今からそんなことを言っては、この先もちませんよ」

ロナルドとイーディスが顔を見合わせる。

「リリアン、わたしは貴女の判断に委ねるわ。ホール伯爵令息の時も同じようなことを言っていたけど、彼と今回の彼は違うようね。まず間違いなく、ホール伯爵令息はこんなこと言わないでしょうから」

「じゃあ……お母様良いのですね！」

「ええ。契約結婚と言い出したのは、貴女なのでしょう？　ならば、責任がありますしね。リリアン、そのことをよく考えるように。……母としては、今度こそ上手くいくことを祈ってます」

「ありがとうございます！」

（大丈夫、わたし今回は考えているから。それに今回は契約結婚だもの、きっと前みたいな失敗はもうしないわ！）

そう改めて、リリアンは決意した。

宴の後なので、話が終わる頃にはもう遅い時刻となっていた。廊下でリリアンとデミオンはお別れだ。

側にはボディガードのように、逞しい執事のハリーが直立している。リリアンたちは婚約を認められたとはいえ年頃の男女なので、ふたりきりにはなかなかなれない。アランにカフェで婚約破棄された時も、個室には店付きのメイドが壁面に控えていたものだ。

(あら、そうすると……わたしの婚約破棄って、ちょっとした公開処刑みたいなものなんじゃ？　あの店に行ったら、あの人婚約破棄されたあとにプロポーズを見せつけられたのよって、笑われたらどうしよう)

リリアンはしばらくベニエの店には行かないと誓う。食べたい時は使用人にお願いして、買ってきてもらうのだ。

執事の巨体の陰で、リリアンは彼に微笑む。

「デミオン様、ありがとうございます！　母を説得してくれて」

「いえ……説得などと言うほどのものではありません。あれは今の俺の本心です。貴女は信じてくれると言った。ならば俺はその気持ちに応えたいですし、報いたいです」

その言葉に、リリアンは安堵する。自分の人を見る目はいまいちらしいが、今回ばかりは大正解だったのではないかと思う。

（ほら、やっぱり彼は凄く良い人だ。そして真面目で、信頼に足る相手だよ。まだひょろひょろだけど、明日からはわたしが気合を入れて健康にするんだ！）

デミオンの白髪と思われる髪も、やつれた目元も、本人並みにくたびれた残念な衣装だって、おさらばさせる予定だ。身体が整ったら、カンネール家が贔屓にしてる仕立屋で素敵な衣装をもりもり注文しよう。

こうして側でゆっくり見れば、彼の容姿は全然問題ない。輪郭も目も左右対称で、配置は完璧だ。健康になれば、見かけなんてあっという間に変わってしまうに違いない。

「デミオン様、ここを安心できる家だと思ってくださいね。わたしは二言のない淑女ですから、大事な相手は必ず守りきります」

「俺も、カンネール伯爵令嬢に相応しい人間となりましょう」

「わたしにとっては、とても嬉しいお言葉ですが、デミオン様自身窮屈に感じませんか？」

相応しくなろうという気持ちは嬉しいが、それで彼が気負いすぎてしまっては意味がない。

「そういうのには慣れ……いいえ、この台詞は貴女に失礼でした」

反射的に出てきた言葉は、彼のこれまでを窺わせる。侯爵家の嫡男として、王女の婚約者として、責任や義務をきちんと背負ってきたのだろう。

その彼が改めて、リリアンを真正面から見る。

「出会って一日も経ちませんが、カンネール伯爵令嬢——貴女の名を呼んでも良いですか？」

「は……はい、喜んでー!!」

つい、どこかで聞いたフレーズが飛び出していた。自分としたことが雰囲気ぶち壊しと思ったが、デミオンにはそうではなかったらしい。

「……そう言っていただけて、安心します。今の俺は家名も爵位もありません。だから仕方なく俺の名を呼んでいるのだろうと分かっていますが……普通に呼ばれることが懐かしくて」

「そうではありません。わたしはデミオン様と良い関係でいたいと思っているんです。家名も爵位もないことは関係ありません。名も呼ばない仲では、仲良くなれないですから」

「その気持ちが嬉しいんですよ」

「では、わたし……いっぱい名を呼びますね」

そういうことなら、任せて欲しい。名前を呼ぶことならばリリアンにもできる。

「ええ……だから、俺にも呼ばせてください」

少し、ほんの少しだ。咎められない程度に、デミオンがリリアンへ顔を寄せる。

「ありがとうございます――リリアン嬢」

柔らかい響きが、リリアンを包んだ。

鼓膜を震わせる。

父とも母とも、それこそ屋敷の誰とも違う声。かつての婚約者よりもずっと甘い調べだと思ってしまうのは、おかしいだろうか。

（あ……あれ？）

瞬間、胸が高鳴ったような気がする。そんな馬鹿なと思ってしまう。勘違いだと思いたい。

「……で、デミオン様」

「何でしょう、リリアン嬢？」

目の前の相手を、リリアンは凝視する。しかし、何処にも妖しい変化はないし、清廉そうな青年にしか見えない。

たった今ドキドキしたのは、気のせいなのだろう。

「すみません、呼んでみただけです」

「いいですよ、いっぱい呼ぶと言ってくれたので、どうかもっと呼んでみてください」

そう言われると、リリアンも遠慮なくまた呼びたくなる。

「……デミオン様」

「はい、リリアン嬢」

「……デミオン様」

「……ええ、リリアン嬢」

名を呼ぶ度じわじわ彼の顔に滲むものが、喜びだといいなと願う。普通に呼ばれることすら懐かしむ彼が、この当たり前を当たり前だと感じられるようになって欲しい。

デミオンが目を細め、小さな声でそっと紡ぐ。楽しい秘密を忍ばせるように、優しい声がリリアンを呼ぶ。

「――リリアン嬢」

「デミオン様」

たった一言、名前を呼ばれるだけなのに、リリアンは安らぎを感じた。互いの名前を呼び合う、ただそれだけなのに、不思議と温かい。とても大切にしてもらっている気分になるのだ。

ふたりは契約結婚で、愛は愛でも親愛の情から握手する関係を目指すだけ。でも、悪くないと思うのだ。互いを思いやる、優しい雰囲気を紡ぎたいと望むからだろう。

「本日は色々あってお疲れだと思いますから、ゆっくりたっぷりお休みください。朝寝坊しても大丈夫ですからね！　デミオン様のそのクマが消えるような、のんびりとした生活をしてください」

「ありがとうございます。リリアン嬢も、どうかゆっくりお休みください」

けれども、正直まだリリアンは分かっていなかった。デミオンの今までの頑張りと、その日常を。想像すら、きちんとしていなかったのだ。

その結果、翌朝いきなりだ。リリアン付きとなっている侍女のジルに、叩き起こされる羽目になる。空耳と決め込もうとしても無駄。ばっさりと布団を剝ぎ取られてしまう。

「お嬢様！　リリアンお嬢様！　起きてください、お願いいたします！」

「……ふぇ？」

「起きて、起きてください！　涎は後で拭きましょう。ああ、二度寝しないでください、本気のお願いなのです！　婿様の一大事なのです!!」

彼女曰く、デミオンを止めて欲しいとのことだ。

（え、何それ？）

訳が分からないまま、朝の身支度が開始される。あれよあれよという間にドレスを着せられ、寝ぼけ気味の顔を整えられ髪までバッチリだ。そして、ぐいぐいジルに押されて進んだ廊下の先には、確かに笑顔の婿殿がいた。

「お早うございます、リリアン嬢。本日も良い一日が始まりそうです」

「……デミオン様は、一体何を？」

「俺は、いつものように朝の仕事をしたまでです。でもリリアン嬢のお言葉に甘えて少し寝坊をしてしまいました」

ぽやんと、頬がほんのり染まる。

（おおう、恥ずかしがるところはそこじゃないです！）

何でハタキに箒にモップや雑巾と、あらゆる掃除用具一式を背負っているのだろう？　まさか、今から大掃除でも始めるのだろうか？　いやいや、まさか。そんなわけがない。

何度瞬きしても、やはり彼は掃除用具を背負い込んでいる。まるで前世の千手観音もかくやな姿に、リリアンはどこから突っ込むべきかと真剣に悩むのだった。

（ごめんなさい、謝ります。わたし、ドアマット系ヒロイン属性、正直舐めてました。本当にごめんなさい！）

まだ寝ぼけていた頭が、一気にシャキンとする。ジルに起こされたリリアンは、実はいつもの朝よりも早い目覚めだ。その自分よりも早いだろう彼は、いつから起きていたのだろう。聞くのが怖い。

「デミオン様は……その、いつお目覚めになりましたか？」

「俺ですか？　俺は恥ずかしながら、本日は日が昇ってからの起床です。普段は日が昇る前に起きるのですが、今朝はゆっくりできました」

「ひ、日が昇る前……」

ヒュンと息を呑む。

（それ、早くないですか？　明らかに早いですよね？）

リリアンは思わず背後のジルを見る。彼女は主の気持ちを汲んだのか、頭を縦に振るばかり。

（ほら、やっぱり早すぎる！）

「デミオン様！　わたしは昨夜、ゆっくりたっぷりお休みくださいと伝えたと思うのですが……お寝坊しても良かったんですよ」

「ええ、ですから俺は寝坊させてもらいました。でもカンネール伯爵家の建物は、普段から綺麗にされているんですね。掃除するのに、それほど時間がかからなかったです」

さらに微笑んで彼は教えてくれる。この一瞬、少し可愛いかも、と思ったリリアンの油断を彼が突く。

「カンネール伯爵家は掃除用具も素晴らしいですね。この箒も、モップも、チリ取りも、新品のようです！　節約のため侯爵家の道具は少々使い勝手が悪く、雑巾は穴があったり羽箒も羽根が抜け芯が目立つようになったりしていたので、使いやすさに感激しました」

「我が家の掃除用具を褒めていただき、誠にありがとうございます」

「備品の保管をしっかりされていて、伯爵家にお勤めの皆様は素晴らしいです。俺も見習いたいです」

きらきらお目々が素直な子どものよう。本当に感心しているようだ。

（いや、そうじゃない！　突っ込むべきはどこだ？　全てだよ！）

ライニガー侯爵家の掃除用具の状態も気になるが、問題はそこではない。

「この掃除用具、手入れを終えましたら俺がきちんと元の場所に返しておきます」

そんなデミオンの背後も右も左も、天井から床までぺかぺかに磨かれている。日々、掃除をしてくれるハウスメイドの仕事もきっちりしているが、本日はそれ以上。まるで新築のお屋敷のようだ。

なんということでしょう！　朝日がやたらと眩しいのは、気のせいではなかったらしい。

しかし、素朴な疑問がさっきから湧き出て止まらない。

「ちょっと、待ってください！　あ、あの、デミオン様、普段はどれだけ寝ていますか？　わたし八時間睡眠をお約束しましたよね、間違えて、五時間ですよ！　なんて、伝えてませんよね!!」

「ええ、リリアン嬢は八時間と言ってくれましたが、俺は身体がとても丈夫なんです。三時間の睡眠で十分ですよ」

（いや、ダメでしょう！）

その短時間で何とかなったのは、若さという時限魔法の仕業だ。しかも後でツケが来るタイプか。リリアンは前世のネットで知っている。そういう人こそ、早死にしてしまうのだ。かつて、好きな漫画家さんが早世したのでこれはイケナイ状態だと分かる。大好きな大好きな吸血鬼漫画が未完で終わった時の絶望を思うと、リリアンは今でも涙で視界が滲みそうだ。転生しても、そのショックだけは記憶に残っている。

じとりと、リリアンはデミオンを見た。

「……リリアン嬢？」

「デミオン様は、わたしを寡婦にするおつもりですか？　まだ婚姻どころか婚約手続きも終えてませんのに、わたしを遺してアルカジアの門を潜り、いと高き天宮の揺籠へ還るだなんて許しません！」

アルカジアは理想郷を指す。

魂の安寧が約束された場所。この国では、亡くなった者はそこへ還るという。前世の天国や極楽みたいな所か。だから遺族は皆、失われた家族が無事還れることを願っている。そんな天国へ早々にお送りするなんて、絶対にしたくはない。彼は自分と一緒に大往生してもらう予定なのだ。子どもと孫に囲まれて、良き人生でしたと思い返しながら逝きたい。

「決して、そんなことを俺は望んでいません。俺は本当に丈夫なんです。何でもできなければ、侯爵家の長子として恥ずかしいと言われてきましたから」

「掃除ができない貴族の長子は、世に沢山いますよ」

リリアンもそのひとりである。しかし誰からも非難された覚えはない。それどころか、この国の貴族の嫡男は皆同じ状態だろう。

「その……リリアン嬢を悲しませたいわけではないんです。俺は喜んで欲しくて、俺のできることをしたまでです」

「分かりました。わたしもデミオン様と同じ時間に寝起きするようにします！　婚約者ですもの、お手伝いしましょう」

「だ、駄目です！　そんなこと、リリアン嬢がする必要はありません」

「あら、どうしてですか？」

「リリアン嬢が倒れてしまいます。病気になってしまうのでは？」

　それはそうである。だが、誰もが同じだということを知らないのだろうか。リリアンが病気になるならば、当然デミオンにもその可能性がある。

「デミオン様、わたしも同じ気持ちなのです。デミオン様自身がいくら身体が丈夫と言っていても、倒れてしまうのではないかと心配します。不安になります。それに、人は休むべき時は休むべきなのです」

「……分かりました、リリアン嬢。では思い切って、五時間寝るようにします」

　その真剣な顔に絆されそうになるが、リリアンは無言で頭を振る。ここで甘やかしては、いつまでも不健康なままだ。

「八時間ですよ、デミオン様！　ぼっち夫人、ダメ、絶対です！」

「はい、俺は貴女を寡婦に致しません！」

「とにかくデミオン様。二度寝しましょう!!」

「……もうひと働きしなくて良いんですか？　洗濯、俺は得意ですよ！　シーツもドレスも、何でも、俺は綺麗にできます！」

リリアンは無言でデミオンの手を握り——途端恥じらわれたが——彼用の客室へ一直線。

掃除用具の返却を渋った彼を宥め、ジルが呼んだハウスメイドたちに後を任せる。

その時、屋敷の変貌ぶりと掃除の非凡なテクニックに、ハウスメイドたちの崇拝の眼差しがデミオンへと注がれたことも付け加えておく。

（……確かに、吃驚するよね。ここは先祖代々の屋敷なのに、いきなり新築同然にピカピカよ）

知らぬ間に、調度品から壺や絵画まで購入時の輝きを取り戻している。恐るべし、ドアマット属性。

「お洗濯も、うちのランドリーメイドが行いますから、デミオン様の出番はありません！」

「……ですが、俺は得意なんですよ？　染み抜きは一番得意なので、侯爵家でもよくしていました。自分の服は自分で手入れするよう、言われてましたし」

何てことだ。あの日、あの夜、あの部屋で見た古臭いペラペラ衣装すら、デミオン本人が綺麗に洗濯していたなんて。誰が思うだろう、誰が想像できるか。ちょっとリリアンは気が遠くなる。それに気がつかないまま、デミオンは自己アピールに熱心だ。

「俺が洗濯をすると、綺麗に汚れが落ちるだけではなく乾きも早いんです！　いい具合に風が吹いてくれて、天気も洗濯日和になりやすいんです！」

「それは、つまり……晴れ男ということですか？」

「ハレ男？　不勉強で意味が分かりませんが、リネン類の大物も俺にお任せください！」

「いいえ、お任せしません!!」

「……リリアン嬢」

少しリリアンも慣れてきた。しょぼくれた顔をしているが、彼を甘やかすと自然に不遇ルートへまっしぐら。健全な生活から逆走してしまう。そのため、絶対に話に乗ってはいけない。

「さあ、お部屋に着きました。すぐに二度寝といきたいですが、まずはお食事が先です。なので、その前に着替えてください。わたしが後からお迎えに来ますから、逃げてもダメです！」

「……そうですか」

デミオンの普段の服として、ロナルドのものを渡しているので、それに着替えてもらう。

ただロナルドより彼の方が足が長く、寸足らずなのがごめんなさいだ。悔しがっているロナルドには悪いが、まだ見ぬ孫の足長確定を喜んで欲しい。

「お父様の服をお貸ししたのに、昨夜の服のままなのですね」

「伯爵のお召し物で、掃除するわけにはいきません。俺の服ならまた洗えばいいですし」

「いいえ、またこのようなことをするのでしたら、そちらは没収します」

「そうですか」

しかし、ここでめげないのが良いところ。いや、ダメなところか。デミオンはおきあがりこぼしのように、七回転んでも八回起き上がれる男なので、リリアンを見つめ無言で訴える。

彼の瞳は何度も何度も染めたような、光も届かない深海のような色だ。もしくは、闇夜の海の色だろうか。充血の方はおさまり、リリアンは少し安心する。でもまだクマは消えてくれない。早くそれもなくしてしまいたい。

「俺は料理も得意なんですよ」

「料理はうちの料理長のトニーが、美味しいものを作ってくれます。大丈夫ですよ」

「では、昼を俺がお作りしましょう。焼き菓子やケーキも得意です。甘いもの、リリアン嬢もお好きでしょう?」

少し首を傾げて微かに微笑むのを、今すぐやめて欲しい。デミオンはご自分の顔面を知っているのか。やつれてクマもあるが、元来顔は整っているのだ。自分よりも睫が長いのではと、気がつかなくて良いことに気がついたリリアンは、僅かにダメージを受けてしまう。

「侯爵家ではディナーのメインディッシュも作っていました。義母は食に気まぐれで、急に食べたいメニューを言い出すんです」

それはなんともはた迷惑な話。

「だから、俺が代わりに作っていました。料理人に辞められると困りますし。ただ、俺はひとりしかいませんから……複数人いたなら、良かったのですがね」

いや、全然良くない。発想がおかしなことになっている。

「これでも俺、宮廷料理並みのものも作れますし、昨夜の宴のメニューも幾つか再現できるんです。俺は食べたら味も見た目も再現できますから。リリアン嬢も、食べられなかったものがあるのではありませんか？」

そこで、つい想像してしまったリリアンの敗北なのだろう。何しろ仕方がない。デザートは不可抗力。ケーキは別腹が標準装備なのだから、許して欲しい。

王家主催の宴は流石王家様万々歳！　と言わしめる、凄く美味しいデザートが揃っていることでも有名だ。しかも女の子は砂糖菓子でできていると、前世の少女漫画でも言っていた。つまり、避けられない定めなのだ。

「ねえ、リリアン嬢。俺だけには教えてくれませんか？　凄く欲しいもの……あるでしょう」

　気がついた時には、デミオンが顔を近づけていた。接吻をするほど近くはないが、若い男女では危ない距離感だ。

　どうしようと思うリリアンに、彼が首を傾げる。

「俺が何でも叶えてあげますよ」

　昨夜も感じたような、柔らかい声がリリアンを包んだ。

　甘い甘い誘惑は、乙女の好物を彷彿とさせる。リリアンの理性を融解させ、底に隠された欲望に揺さぶりをかける。まるで魔性の声だ。

（ダメなんじゃなかろうか？　否、もうダメだ。ダメに決まっている！）

「……わたし、マカロンタワーが」

　そこで、実は背後にそっと控えていた侍女ジルの咳払いが発動。リリアンは気がついた。

　正気に返ったのだ。

　けれども――時既に遅し。

　朝食後、デミオンはリリアンのお願いを大義名分の看板にし、それこそ時代劇の葵の御紋のように振りかざし厨房入りをはたした。嬉々としてランチとデザート作りに勤しん

だのだ。

結果、本日のカンネール伯爵家の昼食は、あの王家主催の宴でしか味わえない舌を唸らせる宮廷料理と、カラフルで心躍るキュートさ爆発のマカロンタワーと相成った。

「これ、凄いよ。僕はこんなに美味しい料理は初めてだよ。デミオン君、君は大天才なんだね！」

「まあ……これは、あの有名な美食家のフィッツロイ伯爵も大絶賛した料理ではなくて？」

ロナルドもイーディスも驚きを隠せない。いえ、我が家の料理長トニーもお見それ致しましたとコック帽を脱いだくらいだ。それはもう、とんでもなく凄いのだろう。

「リリアン嬢、どうです？　俺の料理とデザート、ご満足いただけましたか？」

「……はい、とてもとても美味しいです」

デミオンはニッコニコだ。

（だけど、そうじゃない。違う！　そうじゃないのおおお！　あ、明日こそ、……明日こそデミオン様を確実に健康にしてみせる！）

心の中で、リリアンは完敗に咽び泣きつつ、美味しすぎる料理とマカロンを味わうのだった。

かくして欲望に敗北したリリアンだが、二度目はないと己に誓う。凝り固まったデミオンの社畜精神を解きほぐそうと、リリアンの迷走、もとい努力が始まったのだ。

朝目覚めると、真っ先に確認するのがデミオンの居場所。この間は厨房に紛れ込んでいたし、他の日はアイロン室にいたり、厩にいたり、執事と一緒に銀食器を磨いたりしていたのだ。

リリアンは侍女のジルと一緒に、日々デミオン捜しが仕事になりつつある。洗濯をしながら爽やかな汗を流す午前があれば、書庫の本の整理整頓どころか修繕まで行っている午後もある。「デミオン様――！」と叫べば窓の外、庭木の上から返事が降ってくる時もあるのだった。

昨日は、イーディスと仲良く刺繍談義をしながらチクチクしていたし、一昨日はロナルドと古語の現代語訳をやっていた。本日もロナルドの書斎で、税金関係の書類とにらめっこしていた。「彼凄いよ、一日で計算間違いを見つけたんだよ！」と、ロナルドが手放しでデミオンを褒めていた。イーディスもリリアンよりずっと刺繍が上手く、手芸に詳しい彼との会話をとても楽しんでいる。

両親だけではない。カンネール家の屋敷の者は、大なり小なりデミオンに手伝って貰い感謝感激している。お嬢様は素晴らしい婿殿を迎えるのだと、噂するほど。皆に受け入れられて凄く良いことなのだが、おかしい。

リリアンはデミオンに休息を贈りたかったのに、どこからどう見ても我が家の雑用係になってしまっている。

「お父様もお母様も、デミオン様を使いすぎです！ 良いですか、デミオン様はご実家で大変苦労してきたのです、我が家でゆっくりとぬくぬくお休みしてもらう計画だったのに、これでは全然休めてません‼」

リリアンは遂に、食後のお茶の席でぶちまけた。なお、デミオンは手作りのパイを取りに行っている。熱々をご馳走したいとのことで、今は厨房である。

（こ、これでは……契約不履行でデミオン様に見限られてしまう）

そう、ふたりは契約結婚なのだ。契約内容は特に言ってないが、リリアンはデミオンにゆっくり出来る生活と居場所を約束したつもり。契約は互いに利があるからこそ、意味がある。そうでなければ、ただの搾取になってしまう。そして、今がまさにそうではないかと不安になる。己のふがいなさに、拳を握ってしまうリリアンだ。

「……まあまあ、リリアン。そういきなり休めと言われても、彼だって困ってしまうよ」

「そうよ。デミオン様を、部屋に閉じ込めるつもりではないのでしょう？ 適度に身体を動かすことは悪いことではないと、バーク先生もおっしゃっていたわ」

先日、痩せ細ったデミオンを心配して、カンネール家お抱え医のバーク先生に診察してもらったのだ。その結果、本人が言っていた通りとても身体が丈夫らしい。一刻を争うような病も見当たらないと聞いている。

(栄養が足りないのと、慢性的な疲労……それだけだったけど)

「……貴女が心配する気持ちも分かるわ、リリアン。でも彼も、自分の立場を考えているのでしょう」

「デミオン様は……無理しているのですか?」

「そうじゃないと思うよ。だけどほら、リリアンは契約結婚と言って彼を口説いたから、気にしてるんじゃないかな」

何をと思いかけて、それこそ自分と同じなのだとリリアンは気がつく。契約結婚と言ったのは自分で、彼はそれを了承した。ならば、彼がこちらに利を差し出すのは当たり前なのだ。

「わたし……そんなつもりで言ったわけではありません」

リリアンは、しょぼんとしてしまう。

初めての恋は、無残に壊れてしまった。捧げた愛はいらないものになった。だから、今度は恋も愛も必要ない関係を選んだのだ。この世にいっぱいある好きの中でも、特別ではない好きで関係を築こうと決めたのだ。

（……それに、デミオン様は苦労してそうだったから、少しでも楽になれば良いと思って）

灰かぶりみたいだったから、我が家でくつろいで欲しかったのだ。酷いことを言う相手がいない場所で、ゆっくりして欲しかった。そこには、下心などない。

（でも、デミオン様にはそうじゃなかったんだ……）

この屋敷でも沢山頑張らないといけないと、彼は思い込んでいるのだろうか。そういう風に、自分が仕向けてしまったのだろうか。

今でこそ、人並みの睡眠時間をとってくれているが、約束したようなお昼寝も日向ぼっこも実現していない。彼はとても働き者で、隙間時間があると何かしてしまう質でいつも動き回っている。

それもこれも、リリアンが契約結婚と言ったからか。

丁度その時、厨房からデミオンがデザートの焼きたてのパイを持ってきた。ワゴンに載せられた容器から、とても美味しそうな香りが漂ってくる。今夜は今が旬のベリーたっぷりのパイだ。カップケーキサイズで、リリアンの前世の記憶にあるものとは違うタイプ。サクサクの折り込みパイではなく、タルトのような練り込みパイだ。

「どうぞ、皆様。焼き立てで熱いので、お気をつけください。お味は人気店のものを再現したので、ご安心ください」

配膳までデミオンがしてくれた。ロナルド、イーディスへと運ばれて、最後にリリアンの席に彼が皿を置く。

「リリアン嬢のお口に合うと良いのですが」

「わ、わたし、いつも美味しくいただいています‼」

思わず、ムキになって言ってしまう。けれども彼は微笑んだだけだ。

「で、デミオン様……」

「はい、何でしょうか？」

「……いつも、いつも、ありがとうございます。わたし、凄く嬉しく思っています。本当にわたし」

「ありがとうございます、リリアン嬢。貴女もですが、伯爵家の皆様は素敵（すてき）な方ばかりですね。誰もが俺へ感謝を示してくれます」

でも、それは当たり前のことだ。手伝ってもらったら感謝を伝えるべきだと、リリアンとて知っている。リリアンは首を振りたくなる、違うのだと。伝えたいのは、もっともっと大きな気持ちなのだ。そして、申し訳なさ。

けれども、デミオンを見上げるリリアンに何かを察したのか。

「……わたし」と、開きかけたリリアンの唇（くちびる）に、彼が人差し指を立てる。それはもういりませんよと告げるかのごとく、青色の目を瞬（しばたた）く。

「何かをして、嬉しい顔をしてもらえるのは幸せですよ。少なくとも、舌打ちされるよりはマシだ。したことを喜ばれないよりも、ずっと良いと思っています」

さあ、熱いうちに召し上がってくださいと言われ、リリアンはやはり首を振る。この人を大事にすると決めたのだ。彼を幸せにするのが、前世の記憶を持つ自分の使命だと思っている。だから、ここで彼の優しさに折れてはいけない。

「わたしは……嬉しいです。どこかの誰がなんと言おうとも、デミオン様が頑張ってくれていることに、いっぱい感謝しています」

心の中が見えたらよいのにと、リリアンは思ってしまう。自分のこの胸にあるものを引っ張り出して、彼にさらけ出せられれば簡単なのにと。感謝やありがとうという、数文字で終わってしまう言葉だけではなく、沢山気持ちが詰まっているのだと、どうやったら伝えられるのだろう。

そこには、文字通りの意味だけではなく、デミオンを大切にしたい気持ちも入っているのだと、通じているのだろうか。彼の気持ちも教えて欲しいと思う。

「デミオン様……ご無理をなさっていませんか？」

彼の過剰な気遣いと優しさは、自分のせいかと考えてしまう。リリアンが言った契約という言葉が彼を不本意に縛っているならば、それは自分の望みとは違う。デミオンにも、そのことを伝えなくてはならない。

「俺がですか？　大丈夫ですよ、いつもよりゆっくり寝てますし、三食美味しい食事がいただけて贅沢な生活ができてますよ」

「そ、そうですか。でもデミオン様はわたしの婿殿なので、必要以上にお仕事をしなくともいいんです。特に今は環境が変わったので、慣れるまでゆっくりしたほうが、身体にも良いと思うんです」

「リリアン嬢の優しいお気持ち、とても嬉しいです」

そう返してくれる彼の笑顔が本心からのものなのかも、リリアンにはよく分からなかった。

ちくちく、ちくちく。本日は針と糸とお友達になる日。リリアンはひたすらちくちくちくしている。

が、その隣では芸術が完成しつつあった。

「ふふ、デミオン様は刺繍が本当にお上手なのね」

「カンネール伯爵夫人も、素晴らしい腕をお持ちだと思います」

今日は刺繍をしましょうとイーディスに強制されたのだ。貴族の女性は刺繍が教養のひとつだから、できないよりもできた方がいい。ただ、人には得手不得手があり、リリアンは後者だった。

「男性なのに、刺繍もこんなにお上手だなんて。デミオン様は本当に何でもできるのね」

「父に、何でもできないと嫡男に相応しくない、と言われていたからですね」

「あら、でも本当に何でもおできになるなんて、やはり素晴らしいわ」

そう、語るまでもないがデミオンは刺繍の腕前も完璧。何よりも手が早い。のんびり刺すのも楽しいですね、と言っていたのだが、リリアンからすると高速刺繍マシンのようだ。

（あの……、それが標準装備の速度なのですか？）

リリアンは初めて目にするデミオンの技術に、目が釘付けだ。

イーディスもそれなりの腕前なので、的確に図案通り綺麗な糸で彩っていく。白い布の中にカラフルな花束が生まれていくのが羨ましい。リリアンだけが不慣れな手つきであっちに行ったりこっちに戻ったりで、運針が迷子になってしまう。きっと裏側はごちゃごちゃになっているだろう。

図案の線をなぞるように刺しているのに、歪で、凸凹で、悲しい状況だ。

「俺に何かして欲しいことはありますか？」

「そうね、沢山ありますが……こうして刺繍に時々付き合って貰えるだけで十分なの。ごめんなさいね」

デミオンとイーディスは会話をしながらも、手を休めない。特にデミオンはもう既に二枚完成させているので、三枚目に突入している。嘘のような現実だ。

「それは残念です。義母は際限なく要求してくる方だったので、世の女性は皆そうだと思っていました」

際限なくという単語が、リリアンをびびらせる。どうも彼の女性観が歪んでいそうで恐ろしい。

（継子とはいえ、嫡男をオールワークスメイド代わりにしてる人の価値観は、普通じゃないんだけど。でも、彼にはそれが当たり前だったのかな）

「王女殿下は求めてこなかったのですか？」

手を止め、ふとリリアンは尋ねていた。

あの綺麗なお姫様はどうだったのだろう。ふわふわの可愛いと綺麗ばかりを集めたような王女様。彼女はこんなに何もかもできる人が婚約者ならば、たっぷりとお願いしたのだろうか。

「あのお方は……」

デミオンが苦笑する。

「そもそも俺をお気に召してはいませんから。ご用意したものは全てお好みに適ったようでしたが、王女殿下にとっては誰が贈ったかが、とても気になったのでしょう。つまらぬ男の贈り物が、気にいる品ではいけないんですよ。だから、別の誰かである必要があったのでしょう」

確かに、贈り物がないと言っていた。しかし本当は、贈ったがデミオンの名では届かなかったということであり、デミオンの名で贈られたものは決して受け取らなかったという意味でもあるのか。とんでもない行為だ。

（デミオン様じゃ嫌だなんて、酷い）

きっと同じことが何度も、何度もあったのだろう。贈っても、ありがとうを言われない贈り物。別の誰かからだと、すり替えられてしまう贈り物。感謝が絶対欲しいとは言わないが、お礼の言葉を願うのは浅ましいだろうか。たった一言、ありがとうを望むのは行儀が悪いことだろうか。

（わたしなら嫌になってしまう。繰り返されるのなら、それはもう嫌がらせだよ。嫌いなら受け取らなければいいのに、もらうだけもらって、そんな風にするなんてあり得ない！）

それでいて、可哀想な自分と思える神経がもっとあり得ない。

「リリアン嬢も、俺にあまり求めてはくれませんね。何でも叶えてあげますと言ったのに」

「わたしはマカロンタワーを作ってもらいましたし、デミオン様は何かと甘いものを作ってくれるので、それ以上望みません。欲張りは驕りの元なのです」

言ってから、リリアンは少し考える。彼は何を望んでいるのだろう。

リリアンが考えている間、デミオンはまた一枚刺繍を仕上げていた。真っ白なハンカチに刺されたのは、同じ真っ白な刺繍。凄いのは、レース編みのような模様になっているところだ。

編んでもいないのに、レースそのもののような刺繍。リリアンは初めて見た。なんて綺麗なのだろう。

「では、こちらのハンカチはどうでしょうか？　受け取ってもらえますか」

さらに彼が付け加える。

「俺の刺したものと、リリアン嬢の刺しているものを交換（こうかん）しませんか？」

「え、で、でも……わたし刺繍は苦手で、デミオン様よりも下手ですから……」

「全てを完璧に出来る人間なんていませんよ。俺は誰かに刺してもらったハンカチを貰ったことがないんです。だから俺の初めては、リリアン嬢、貴女に叶えて欲しいです」

差し出されたハンカチは本当に美しい。こんなにも綺麗なのに、彼はありがとうを今までもらえなかった。いいや、それだけじゃない。彼はありがとうを伝える機会もなかったのだ。

（それはとても寂（さび）しいことだよ）

だからリリアンは、心のままを言葉にする。出（だ）し惜（お）しみなんて、もったいないことをするものかと言葉を紡ぐ。

「ありがとうございます！　デミオン様、こんなに美しいハンカチ、わたし生まれて初めて拝見しました！　凄いです、この刺繍の技法も初めて目にするものです」

わざとらしいかもしれないが、嘘でも誇張でもない。彼の刺繍は美しく、素晴らしい。称賛は正当なものだ。そして誰かが刺したハンカチを貰った機会がなかったならば、今から作ればいいだけだ。

「では、デミオン様も……わたしの刺したハンカチを受け取ってくださいね。わたし必ず完成させて、貴方にお渡しします！　約束ですから。絶対のお約束です！」

だからリリアンは、下手くそでもハンカチをデミオンにプレゼントする。望みが叶うことの嬉しさを彼へ贈りたい。誰もが知っている気持ちを、そうして知って欲しい。

リリアンがこの世界で両親に教えて貰ったように、この世の素敵なことを伝えたい。まだまだ知らないことを教えてあげたいと思う。それぐらいリリアンにとって彼が大切な存在だと伝わることを願う。

「ありがとうございます、リリアン嬢。約束を……楽しみにしています」

「あらあら、ふたりはとても仲良しさんね。わたしも嬉しいわ」

イーディスの笑い声でリリアンはハッとする。しまった、ここはふたりきりではない。イーディスがいた。気恥ずかしくてたまらないと羞恥に頬が染まる娘を見ながら、母が助け船を出す。デミオンへ新たな話題を振ってくれる。

「デミオン様は本当に凄いのね。同じ言葉の繰り返しになってしまうのだけど、その刺繍、見事なものね。見覚えがあるわ、とても珍しい刺繍でしたので。確か北西部にあるという、とある地方の伝統的なものではなくて？」

「伯爵夫人の仰る通りです。北西部の一部の方が今でも続けられている、伝統的な刺繍です。カットワークが非常に繊細で、本物のレースと変わらないんです。最初にこの技法を生み出した方は天才ですね」

　最初に刺した刺繍を指でなぞりながら、彼は呟く。その眼差しは少しだけ眩しいものを見つめているようだ。

「何かを生み出すのは、俺が想像するよりもずっと途方もないことなんでしょうね」

「ええ、余人には思いもつかぬ苦労があったはずですわ。今日は素敵な作品の拝見が叶って、嬉しい日ね」

　リリアンは渡されたハンカチを改めて見る。このハンカチはリリアンが思っている以上の価値があるのだろう。

　リリアンの目に映るのは、とても美しいレースの如き刺繍だ。リリアンのへっぽこな刺繍とは似ても似つかない、本職レベルのもの。さらに貴重な伝統技法で刺されているらしい。

（でも、どんなものだろうとデミオン様が贈ってくれたハンカチだからね。これはわたしの宝物！）

そこには市場価値も関係ない。自分を思い相手が贈ってくれた、手作りの品物ということで十分だ。

ほこほこした気持ちでリリアンはハンカチを畳む。これに見合うものにはならないが、自分の気持ちを込めた刺繍を刺さなくてはと、頑張りたくなってしまうのだ。

そうこうしている間も刺繍の時間は続いた。デミオンは違うタイプの刺繍を開始していた。今度は落ち着いた色使いながらも、絵画のような作品らしい。

サイズは小さいが、飾っておきたいほど絵柄が素晴らしい。デミオンは絵を描いても一角の才能がありそうだ。万能かもしれないとリリアンが誇らしげに思っていると、イーディスがゆっくりと口を開いた。

「リリアン。貴女は、秋になれば大聖堂で行われる刺繍展で、ここ数年ずっと最優秀賞に選ばれている方を覚えているかしら？」

「……お母様。わたし、そちらは存じておりません」

大聖堂とは、精霊王の聖域を守る場所。もしくは信仰のための建物だ。精霊は人の前に姿をはっきり現さない。人が見ることを許されているのは、その身から漏れ出る光のみ。淡い光の塊だとされている。そのため、大聖堂には巨大な美しいサンキャッチャーが飾られている。そして、大貴族や王族の冠婚葬祭に使われる場所でもある。

その大聖堂の刺繍展はリリアンも知っていた。毎年行われており、国中の刺繍自慢の方々の素晴らしい作品が勢揃いする催しだ。見応えがあり、入賞作品は圧巻である。

本来は精霊王に捧げるためのもの。けれども、一般公開されるようになり、人々の投票が行われるようになったと聞く。最優秀賞に選ばれた作品は大聖堂で公開された後、一年間大聖堂の特別な場所に飾られるらしい。

とにかく、とても名誉なこと。

だがリリアンは刺繍展に興味がなく、受賞者のことなど全く覚えていない。イーディスはその様子に、ニコリとした。これは良くない方のニコリだ。

「貴女は未婚だからと、少し甘やかしてしまったわね。たとえ刺繍が苦手でも、こういうことは覚えておくものです。いえ、寧ろ苦手だからこそ覚えておくのですよ。大聖堂の刺繍展は大変名誉なこともあって、貴族のご婦人方も沢山参加されています。どれがどなたの作品なのか、どのような作品なのか、それだけでも頭に入れておきなさい」

「はい」

「婚姻後の社交で、困ることになるのは貴女自身なの」

そう、貴婦人の教養で名誉であるならば、それは大事な話題。誰もが覚えていて当然のことになる。まして、刺繍は恋人、婚約者、家族といった近しい相手に贈ったりもする。

これは貴族以外でも同じ。身分を問わずして、共有できる話題のひとつだ。

「ここ数年の最優秀賞は、俺の義母であるライニガー侯爵夫人の作品ですよ、リリアン嬢」

それに、リリアンはきょとんとする。

「そうなのよ。もう六年にもなるかしら、ずっとライニガー侯爵夫人が最優秀賞なの。リリアンもきっと見たことがあるわ。それはもう見事としか言いようがない作品なのよ」

「あの……お母様。それは、その」

「侯爵夫人の作品に関しては、大変心ない噂があるの。誰が言い出したのか分からないわ。でもそれによると、侯爵夫人が別の人に命じて作らせたんじゃないかっていう話よ」

「そうなんですか、伯爵夫人?」

デミオンがごく当たり前のように尋ねている。対してイーディスは面白そうだ。

「仕方がないの。ライニガー侯爵夫人は、刺繍に関する話題をふっても答えられないのだとか。刺繍を大変好まれるご婦人方の会があるのだけど、何度侯爵夫人をご招待しても無視されるんですって。先々代の王妃陛下のお声がかりでできた伝統ある会ですのに、残念なことよ」

「お母様、その会では何をするのですか?」

「あら、刺繍愛好家の会よ。決まってるじゃない、皆さんで刺繍を楽しむのよ」

つまり、公開実演する会なのだ。それは出席できないだろう。リリアンの予想通りならば。

「義母がたまに面倒なことになる理由が分かりました。お礼の代わりにひとつお伝えします。今回、侯爵夫人は出展できないかもしれませんね」

「まあ……お気の毒」

「もしかしたら、今から頑張るかもしれませんが……」

「あら、夫人はいつも大作を用意されてるから、なかなか厳しいいんじゃないかしら」

「刺し手が多ければ、間に合うんじゃないでしょうか」

「ではどんな作品ができあがるのか、楽しみにしているわ」

ホホホとふふふが重なり合う。リリアンはちまちま針を進めながら、今年の刺繍展の波乱を思った。

（いやー、もう、怖いわー）

一部のご婦人方からハブられているのではないだろうか、侯爵夫人。

（わたし、もうちょっと刺繍を丁寧にしよう。下手だけど将来のわたしのためにも、これは絶対必要な技術だ）

　その後さらに一時間ほどしてから、やっと刺繍から解放された。テーブルに広げられていた刺繍道具を片付けて、メイドがお茶の支度をしてくれる。

「リリアン、今からふたつほど真面目な話をするわ」

「はい、お母様」

　改まってイーディスが言うので、リリアンも背筋を伸ばす。

「お父様は貴女に伝えないように言っていましたが、わたしは伝えた方が良いと判断しました。落ち着いて聞いてほしいの。実は本日午後より、ホール伯爵家の方が先日の婚約破棄の件で、我が家においでになってます」

　では、きっと彼も来ているのだろう。

「我が家はホール伯爵家とは婚約以外に繋がりがありません。特に今回の場合は話し合いに当事者同士、顔を合わせる必要もありません。とはいえ、屋敷内で鉢合わせるのも好ましくありません。ですから、貴女を刺繍に誘いました」

「ありがとうございます、お母様」

「もう一点は貴女だけではなく、デミオン様、貴方にも関係することです。当家へ、チルコット公爵家から手紙が届きました」

「王太子妃殿下のご実家ですね」

「ええ、デミオン様。ですが、中には王太子殿下と王太子妃殿下からの封書が二通ありました。多分、デミオン様の現状を考え公爵家の名を使ったのでしょう」

「俺の襲爵に関する話でしょうか？」

「王太子殿下からの手紙はそうかもしれませんね。こちらに手紙が。どうぞご確認ください」

イーディスがデミオンに金縁のある封筒を渡す。くっきりと型押しされているのは王家のエムブレムだ。

「王太子妃殿下からの手紙は、リリアン、貴女への非公式のお誘いよ」

「わ、わたし……ですか？」

「ええ」

「王太子妃殿下は、きっとリリアン嬢へ何かお話があるのでしょうね。多分王女殿下のことだと思われます。俺が覚えている通りでしたら、サスキア王太子妃殿下はアリーシャ王女殿下と仲がよくなかったはずですから」

王太子妃殿下は、正直遠くからしか見たことがないが、王太子殿下と同じような金髪に、古き良き美人といった顔立ちをした方だ。王女殿下のようなふわふわさはない。

「そこでね、リリアン」

また良くない笑顔のイーディスにリリアンは緊張する。

「王太子妃殿下に折角お誘いいただいたのだから、良い機会です。約束まで半月ほどあります。それまでにマナーを総ざらいしましょう。不敬となってはいけませんもの」

「そ、そうでしょうか」

「そうですよ、リリアン。デミオン様もその間、バーク先生に定期的に診察してもらいます」

なんてことだ。断るわけにも、逃亡するわけにもいかない。

「分かりました、お母様」

そう答えつつも、リリアンの心は不安一色だ。それしかない。

「リリアン嬢、当日は俺も登城します。途中まではエスコートできますから、大丈夫です。サスキア王太子妃殿下は朗らかな方です、ご安心ください」

「ありがとうございます、デミオン様」

婿殿の気遣いに言葉を返しつつ、やはり憂鬱さは拭えないリリアンだった。


迎えに来てくれた侍女のジルを連れて、リリアンは先に部屋を後にする。デミオンは刺繍に関してイーディスに相談があるらしい。婿殿と姑の関係が良好でリリアンはほっとする。

リリアンは今の家族の素晴らしさを、改めて思う。ホール伯爵やアランと鉢合わせするのをイーディスは心配してくれたし、ロナルドはそもそも訪問を秘密にしてくれた。娘として、自分はとても愛されている。

親に愛されて暮らすということが、どうしてみんなに平等に訪れないのだろう。前世の記憶も、もっと普通の親のところが良かったと思えるものばかりだ。親は子どもを選べず、子は親を選べない。子どもを欲しくないという親がいれば、どれだけ努力しても恵まれない親もいる。デミオンもそのひとり……。

廊下を歩きながら、リリアンは窓を見る。ささくれだった心には自然の緑が癒やしになるかもしれない。

「ジル、わたし庭が見たいわ」

「では、日傘をご用意しませんと。今すぐにお持ちいたします。少々お待ちください」

「ありがとう」

「リリアンお嬢様こそ、以前のように勝手に庭へ出られないようお願いします」

「……はい」

ジルに忠告されて、リリアンは頷く。日傘をさしてしずしず歩くのはとても令嬢らしいのだけど、リリアンは苦手だ。あちこち駆けて行ってしまいたくなる。多分、前世の感覚が残っているからだ。

リリアンは庭へと続くテラスで、大人しくジルを待つ。

伯爵家の庭は、青々とした木々と手入れされた花々が季節を謳歌していた。夏から秋まで、我が家の庭は一番美しい時を迎える。

日差しに強いポーチュラカの小さな黄色の花弁の群れに、細長いラッパ型のアガパンサスの青が見事な対比になっていた。木陰となる場所では百合が咲き、アーチ型に整えられた蔓薔薇も満開だ。特に貴族の庭では百合を植えるのが定番である。

この世界では百合も薔薇も青や緑、黄色が標準だ。稀に赤っぽい薔薇もある。ただ真っ赤な百合だけは見たことがない。品種として存在しないのか、聞いたことがない。天候や季節、土壌の違いではないのだ。一部の花木は信仰する存在に影響されるらしい。それを誰もが不思議に思わないのも、ここが前とは違う世界だと感じるところだ。

例えば純白の百合は、精霊王の愛でる花であるという言い伝えがある。その逸話にちなんで、婚約者や夫婦で贈り合う精石の装飾品のモチーフとしても白百合は好まれる。

そして伝説上の花でもあり、実物を見ることはまずない。大聖堂の聖域に唯一現存し、真っ白な花を咲かせているのだと秘めやかに語られるのみだ。

「……げっ！」

手すりに手を当て、リリアンは淑女らしからぬ声を出してしまった。何度も目を瞬き、見間違いではないかと確かめる。しかしそうではない。幻でもない。

一瞬迷ってしまったのが悪かったのだ。庭を見回していた相手と、目が合ってしまう。

（うそ！）

ジルは日傘を取りに行ってまだ戻ってきていない。つまり、今ここには自分しかいないのだ。逃げるべきだろう。

けれども、相手の方が素早い。大股でこちらへたどり着いたアランに声を掛けられる。

「こんなところにいたんだ。何処にいるのかと捜したんだよ」

にやついた顔が、リリアンの動揺を見透かしているようだった。けれどもそうだと悟られたくはない。リリアンは小さく呼吸を整え、振り返った。

できるだけ落ち着いた声を出す。不審者扱いしたい気持ちを抑え込んだ。

「こんにちは、アラン卿。迷われましたか？　お帰りはあちらですので、案内の者を呼びますね」

「君は相変わらず、可愛げが欠けてるね。婚約者にもこの対応だなんて」

「アラン卿、元が抜けておりますよ」

「そういうところだよ。全く、可愛いマリアとは大違いだな」

リリアンは声を荒らげない分別がある自分に感謝した。それからゆっくりと息を吸い、そっと吐く。

（大丈夫……わたしは泣かないって決めたんだから）

アランの顔が意地悪そうに歪む。可哀想といわんばかりの表情で、けれども湧き上がる喜びを隠そうともしない。卑しい口元が、優越感を涎のようにたっぷりと垂らしていた。

「君、今度は王女殿下に捨てられた相手と婚約するんだって？　婚約破棄された者同士で、さぞ気が合うんだろうね。僕が破棄してしまったから、可哀想な身の上を心配してたんだ。おめでとう！」

「お祝いの言葉、ありがとうございます」

満面の笑みは社交用の作り物。

こめかみに青すじひとつ立てないのが、可憐な淑女のマナー。涙なんて、彼にはもったいない。もし泣いたとしても良いことなどまるでないのだとリリアンにも分かる。それでも胸が痛い。まだ心がズキズキするのは、初めての恋だったからだろうか。

「しかし、本当に残念だ。あんな見窄らしい男を婿にしたら、この家は没落するんじゃないかい」

「ご心配には及びません」

「僕はつい昨日、次期ライニガー侯爵閣下とお近づきになってね、大変有益な話をしたばかりなんだよ」

「はあ……良かったですね」

アランは鼻高々。それはそうだろう。こちらはそこに除籍された嫡男を婿に貰うのだ。マウントをとるならば最高の話題になる。

（……馬鹿みたい）

それは自分と元婚約者、どちらにも言える言葉だった。婚約を破棄された瞬間、リリアンはどうしようもないほど悲しかった。いわれた内容がショックだった。自分という人間が、アランに愛されないことで全否定された気持ちでいたのだ。

けれども、今は違う。

痛む箇所はあるが、それでもあの時とは異なる。こんな言動をする人が好きだったのかと、別の意味でショックなのだ。同時に自分がどれほど愚かだったかが見えてくる。

（優しい人だなんて、とんだ勘違いだったよ）

寧ろ、恥ずかしくて情けなくて、穴を掘って隠れてしまいたい気分だ。好きになるにしては、しょうもない相手すぎる。

「リリアンお嬢様！」

「ジル」

振り返れば、日傘を手にジルが駆けてくる。すぐ庇えるように彼女はさっとリリアンの脇に立つ。緊張した面持ちだ。

彼女はリリアンより年上で、身長も高い。普通の女性よりも高いので、実はアランよりも僅かに高く、頼もしい。

「ジル、彼はホール伯爵家の方です。当家の庭で迷われたみたいなの」

「……では、ご案内いたします」

「おいおい、僕と歓談中だろ？　侍女を使って逃げるつもりか！」

逃げるも何も、そもそもリリアンにはアランと話す理由がない。けれども、彼には理由があるらしい。

「大体、今日だって僕に挨拶がないのはおかしいだろ？　あの日だって、勝手にいなくなるなど失礼じゃないかな。マリアが話を聞いて貰えなかったって、悲しんでたんだよ。僕のマリアを泣かすのはやめてくれないか」

それは、リリアンが悪いことなのだろうか。悲しみも引っ込むほどの無理難題に、リリアンは冷静になる。

「わたしには話すことなどありません」

「何だい、その目つきは？　婚約してた頃は、もっと可愛かったのに……君のそういうところがなってないって、今僕は言ってるんだ！」

その時だ。

手を叩く音が、リリアンとジルの後ろから鳴り響く。テラスへの入り口からだ。

派手な音が二度三度と繰り返された。

「聞くに堪えない発言なので、思わず遮ってしまいました。婚約を破棄したと聞いていますが、そういう姿は見苦しいのではありませんか？」

品の良い声の持ち主は穏やかに語りながらも、その唇は薄らと嘲笑を描いていた。

（……デミオン様）

リリアンは唖然としたが、アランも同時に驚いている。思ってもみなかったのだろう。

誰ひとりとして声を上げぬ中、彼は近づいてくる。ゆるりと歩みを進める様は優雅の一言に尽きる。どこかの大広間の夜会で、輝くシャンデリアの下に集う高貴な存在に相応しい。

その足元は板張りであるはずなのに、緋色の敷物を幻視してしまう。

彼は不遇ではあったが、確かに侯爵家嫡男だったのだ。あの大貴族ライニガー侯爵家に似つかわしい品がある。ただ歩くだけの姿でも、ここにいる者たちとは格が違う。今までは王女殿下という輝きに隠されていたのだろう。

「女性を声高に責め立てるのは、感心しませんね。必要以上に相手を怯えさせるつもりですか？」

自然な仕草でジルと入れ替わり、リリアンの傍にデミオンが立つ。何かを言付けたのか、侍女が屋敷へと走っていく。

「……そうか、君がライニガー侯爵家の恥晒しで有名な男だね」

「お見知りおきを、元婚約者殿。ですが、彼女は俺の婚約者なので、過ぎた言動は品性に欠けると思った方がいい」

それから、デミオンがちらりとリリアンに笑みを向ける。絵に描いたように優しいそれは、誰もが思い浮かべる婚約者の理想の姿、そのものだ。

リリアンは小さく彼に瞬きを送り、頷く代わりとした。

それにしても、デミオンはアランへと向けた軽い会釈ですら美しい。深海の色の瞳を細め、彼は典雅な笑みをなす。彼の所作は完璧で、髪の毛一本からつま先まで全てを完全に己の支配下にしているよう。そうして、寸分の狂いもない動きを見せつける。

誰が本当の貴族なのかと知らしめているのだ。

「似合わぬ服を着た道化のくせに、僕に対して随分な態度だな」

アランがありったけの侮慢を込めて、相手を見る。正直、指摘が悔しい。そうなのだ、デミオンの服はまだロナルドのもの。

(明日、明日絶対仕立てる!)

そう心に誓うリリアンだ。

なにしろデミオンは長身。脚も抜群に長い。本当に長い。普通に立っただけで、アランより視線が高くなってしまう。

だからこその牽制なのだろう。しかしデミオンも負けるつもりはないらしい。

「ホール伯爵家の方にしては、随分と荒々しい物言いですね。それでは爵位が泣きましょう。もう少し、身分に相応しい言葉を選んではどうですか？　時と場所を弁えよとは、俺のマナーの教師がよく言っていた言葉なんです」

「はは……何だいその言い草は？　廃嫡どころか除籍された身で、僕にそんな態度が許されると思っているのか」

「さて？　こちらはカンネール伯爵家の庭園ですよ。ホール伯爵家御子息様は、どうやら自分の屋敷だと勘違いされているようですね。一度、診てもらったほうがよろしいのでは？」

分かりやすい嫌味にアランの顔が見る間に赤くなり、手がプルプルと震え出す。彼でも暴力が良くないことくらいは分かっているのだろう。基本貴族は耐える生き物である。みだりに感情的になっては、物事が見えなくなってしまう。そうなれば容易く足を掬われる。それが社交界でもある。

（まあ、貴族に限ったことじゃないけど。この世界にだって詐欺師はいるし、用心するに越したことはないしね）

人生の落とし穴なんて、生きる世界が変わっても消えたりしないもの。危機感はどこにいようが最高の自衛手段だ。

「……貴族ではないくせに、その態度が許されると思っているのか！　ああ、君は自分の卑しい立場が分からないほど馬鹿なのだろうな。哀れなものだね」

「卑しさを存じないのは、卿ではありませんか？　俺は生憎と今は鏡を持っていません。申し訳ありませんね、卿へ正しい認識をお伝えしたくとも、そのお姿を映してあげられないようだ」

「お前！」

「別れた女性に縋ろうなど、みっともないことこの上ありませんよ。それとも不貞を働いたご身分でリリアン嬢のことを見下しても良いとお思いではありませんよね？」

デミオンが一歩前に出る。

そうすると、余計アランとの身長差がハッキリしてしまう。アランにも分かるのだろう、噛み締めた奥歯の軋みが、こちらにも聞こえてきそうだ。

デミオンが覗き込むようにして、彼に囁く。いいや、覚えの悪い生徒へ優しく諭す家庭教師のよう。

「若くて可愛らしい方を選んだというなら、それで卿は我慢すべきだ。欲張った犬が川に肉を落とすようなものです。吠えるべき場所を間違えれば、咥えたご馳走すら失いますよ。子ども向けの寓話の定番でしょう。それとも、卿は寝物語に聞かせてもらえませんでしたか？」

「何の話かな？」

「伯爵家の次男なんて、嫡男の代わりの部品で、末子のように愛でられる人形にもなり得ない。その程度の愛情すらもらえなかった、哀れな方かと思いまして」

「ふざけるなっ！」

「デミオン様！」

アランの拳がデミオンへと向かう。直後、リリアンの叫びが庭に響いた。

目の前でデミオンが倒れた。ドッと床が揺れる。

余程強かったのか、それとも慣れていなかったのか。自らの勢いのまま、アランは足をもつれさせた。デミオンへ馬乗りになるかのように倒れたアランの様子にリリアンは後退りした。

「これは一体、何事だ！」

計ったかのようなタイミングで駆けつけてくれたのは、使用人を連れてやって来たロナルド、その人だった。

「ちが、違う！　僕は何もしていない！」

「お父様、デミオン様がホール伯爵令息に殴られたのです。暴力を振るうなんて信じられない。酷いわ……」

涙声で、リリアンはふらつきながらロナルドに報告する。一目見て状況を理解したロナルドの顔は、いつになく険しい。

「ジル、リリアンに付いていてくれ。他の者はデミオン卿を助けるように。誰か、すぐにバーク先生に連絡をしなさい」

「やめろ！　触るな！　僕は何もしてないんだ！」

我が家の使用人たちが、アランの下からデミオンを助けだす。その間、アランは何度も違うと叫ぶばかり。けれども、ロナルドの彼を見る目は冷たい。表情にも、いつもの柔らかさが全くなかった。

後ろを振り返り、追いついただろうアランの父親に問う。

「ホール伯爵、御子息にはどのような教育をされています？　他者へ暴力を振るい、しかも随分と我が屋敷内を彷徨ったようだ。常識では考えられませんよ」

「これは、何らかの手違いがあったと……。アラン、お前部屋を出てから何をしていたんだ！」

「父上、これは誤解なんです。そもそも、僕はあの男にハメられたんだ！　コイツです！　王女殿下に捨てられ、貴族でもなくなった奴が僕に生意気なことを言い、偉そうな態度をとるから悪いんだ！」

息子の言い分にも一理あると思ったのか。それとも、夏の宴の騒ぎを覚えているのか。

おそらく後者だろう。ホール伯爵がまじまじと、デミオンを見る。

　爵位もない、実家から捨てられた若造ならば上手いこと誤魔化せると思っているのだ。でもそんなわけがない、彼が殴られ損なことをするとは思えない。

　デミオンに駆け寄り、リリアンは介抱をする。そうして、ふと気がついたように金縁の封筒をわざとらしく掲げてみせた。

「デミオン様、とても大切なお手紙が落ちてますわ。殴られた際に、落としてしまったのね」

　途端、ホール伯爵の顔色が変わる。封筒の意味に気がついたらしい。カメレオンよりも素早い変色だ。デミオンがつい最近まで誰と婚約し、故にどういった方の覚えがあるのかしっかり思い出してくれた。

「……こ、この大馬鹿者！　……カンネール伯爵、この度の件、内密のものとして欲しい。後日、改めて謝罪させてくれ。この愚息は我が家できちんと罰を与える。約束しよう！」

　それから、思いついたように付け加えた。

「そうそう、先ほどの話し合いだが、是非金額を上乗せさせて欲しい。御息女には、愚息が大変な失礼を働いた。その気持ちを受け取って欲しいのだ」

「……娘への侮辱に金額など付けられるものではないが、感情的になってしまってはどこかの暴力者と変わらない。日を改めてまた話し合いましょうか、ホール伯爵。ただし、御子息は抜きにしてくれ。娘にも、二度と近づいてもらいたくはないね」

「勿論、大切な御息女に愚息を近づけさせません。暫くは外に出さないようにします。アラン、分かったな。お前は謹慎だ。そのどうしようもない性根を反省しろ！」

「……そんな」

暴れるのもやめて、呆然とするアラン。へたりと座り込む。足の力も抜けてしまったのか。

「全く、お前には失望した。顔も見たくない！　我が家に傷をつけおって……この失態どうするつもりだ」

顔を伏せたまま、元婚約者殿は言い訳すら失っていた。

男性の使用人に肩を貸してもらい、デミオンは彼自身の部屋として使っている客室に行く。

「そこの椅子で構わない。ありがとう」

殴られたせいで足元がおぼつかないのだろう、ゆっくりと彼は椅子に座る。

「バーク先生がおいでになったら、すぐに案内をお願いね」

立ち去る使用人にそう伝え、リリアンは振り返る。控えているジルは信用できる侍女なので、これから何を話そうとも他言しないだろう。椅子にもたれ、ぐったりとしていた当人はもういつもの状態だ。ケロッとし、呑気にその長い足を組んでいる。

「リリアン嬢、心配してくれて俺は嬉しいですよ」

「……びっくりしたんですよ？　その、怪我はないのですか？　演技だとしても、デミオン様は倒れたのですから」

　リリアンも彼と向かい合う形で、間にテーブルを挟み椅子に座った。

そう、あれはデミオンの渾身の演技だ。殴られる瞬間に合わせて、転んでみせたのだ。ジルを使い父を召喚したのも彼だ。娘の危機を伝えられ、ロナルドはきっとすぐ動いたはず。体格のいい男性の使用人を引き連れて、テラスへ向かったに違いない。タイミングはぴったりで、最高の瞬間を見せられた。

「俺のことなら大丈夫です。拳がぶつかる前に倒れましたから、アラン卿自身が一番良く分かっていると思いますね。あまりに手応えがないからこそ、自分はやっていないと声高に主張してくれた。彼が正直者で助かりました」

　微笑みは上品だが、やることはえげつない。でも、リリアンも後悔はしていない。途中でデミオンの芝居がかった様子に気がつき話を合わせにいったのだ。デミオンがわざと落とした手紙もきちんと見つけ、求められた役を演じた。ただあの使い方、不敬にならないか心配だ。

（いや、デミオンを助けることになったのだから、王太子殿下だって、何も言わないはず！）

「ですが、よく彼が手を出すと、分かりましたね」

それがなければ、絶対に成り立たない計画だ。示し合わせてもいないのに、丁度良くできた。これを器用ですませていいのか、たまたま運が良かったのか。さてどちらだろう。

「彼の家族や、貴女との関係はカンネール伯爵に聞いていました。リリアン嬢も、彼との破談は急な話だったのでしょう。ならば、きっとアラン卿は普段からそれほど粗野ではないし、外面も良い方だ」

確かに、あの婚約破棄がなければ我が家の婿になっていただろう。ロナルドもイーディスも彼に対して特に何か言っていたように見えない。

「けれども、彼はリリアン嬢から羽振りの良い男爵令嬢に乗り換えたと聞きました。……どうしてだと思います？」

「若くてお金持ちだからでしょう。あとわたしはいまいちだったようです」

デミオンが少し悲しげになる。

「俺は、貴女に辛いことを言わせてしまいましたね」

「気にしてません。わたしの想像も入ってますが、一部は事実ですし」

実際、そう面と向かって言われたわけではない。容姿についてはほぼ言われたようなものだが、若さとお金に関してはこちらの推測だ。

「より良いものがあればそれが婚約者であっても、いえ……だからこそですね。彼は替えた。つまり手っ取り早い底上げです。アラン卿はそんなことをするような人間というわけだ。彼は自身よりも他者の価値に相乗りするタイプなのでしょう」

つまり、カンネール伯爵家の婿という地位よりも、金持ちのスコット男爵家の方が価値があると判断したのだ。

デミオンが足を組み替え、説明してくれる。

「俺の経験則ですが、怒りやすい人には幾つか種類があります。婚約を円滑に続けられたのですから、そう短気でもない。では、どうやったら怒るのか。底上げするような人は、自分に自信がない場合があります。だから言葉で誤魔化そうとする、他で補おうとする……婚約者なんてぴったりでしょう」

表情はいつも通り穏やかであるのに、その声が随分冷たく思えてリリアンは一瞬耳を疑う。日頃のデミオンとは違う雰囲気だ。

いいや、彼も貴族なのだからこういう面を持ち合わせていても不思議ではない。特に大貴族の嫡男だったのだ。そう理解しても、やはり常の優しいだけの彼との違いに戸惑う。

「どこでも貴族の次男なんてものは、大概が跡継ぎの控えであるところが大きい。そして、上に問題がなければ家を出なければならない。アラン卿もそうだ。誤魔化し続けた痛い箇所を突かれれば、彼は怒る。己を守るために怒る人は珍しくない。そんなところです」

ああ、それはリリアンも知っている。

攻撃こそ最大の防御だと。リリアンが知るこのフレーズは、前世のゲームで出てきたが、現実の人間にも当てはまるのだろう。

痛いのは嫌だから、過剰に反応してしまう。その一瞬の間、理性ではなく本能がきっと体を動かしているのだろう。叩かれると思って目を瞑る子どもと同じで、アランは身構えてしまったのだ。

デミオンが膝の上で手を組む。

「……俺の性格が思ったよりも悪くて――リリアン嬢は後悔していますか？」

晴天の下の凪いだ海のごとき静かな声だった。同時に、これから嵐が来る前触れを感じてしまう。

微かに感じる緊張はリリアン自身のものなのか、彼のものなのか区別が付かない。動けば、空気の壊れる音がしてしまうのではと、錯覚する。

しかしリリアンは躊躇いを払うかのごとく、はっきりと告げた。

「それはありません。驚きはしましたが……頼もしかったです。婚約者とはっきり言って貰えて、嬉しくも思っています」

「俺とリリアン嬢は、契約結婚する仲ですからね」

「ですが、口にする必要はありませんよ」

　リリアンの言葉に、彼は首を振る。

「それは……貴女に対して不誠実だ。伯爵夫妻に守ると俺は言ったのですから」

「では、わたしはデミオン様に感謝しかありません。ありがとうございます、デミオン様！」

「……敵わないな」

「え？」

　何かが聞こえた気がしてリリアンは彼を見つめ直すが、今度こそいつもの調子の彼に微笑まれる。聞き間違いだったのだろう。首を傾げつつ、話を続ける。

「……そう、わたし改めて考えたんです。やっぱりお父様の服はないなと。いつ難癖をつけられてもいいよう、デミオン様にはもっと似合う服が必要ですね」

「難癖をつけられるのが、前提なんですね」

「この世の全ての人間に好かれるなんて、無理ですから」

　好きや嫌いは、どうしたって起きること。雨のようにぱらぱら降ってくることだ。ならば濡れる覚悟と傘の準備をすればいい。だからこれぐらいの性格の悪さなんて、ただの生きる力だ。そう思うのは非情なのだろうか。

　面倒な人間と思われれば、危ない人は勝手にこちらを避けてくれる。それも大事なリスだ。

ク回避の方法。酷いなんて言えるのは、その手の苦労をしたことがないか、知らないだけだ。

リリアンへ、デミオンがふわりと笑う。

「……リリアン嬢のそういうところ、俺は安心しますよ」

「デミオン様。分かっていてやっていると理解しましたが、それでもお身体には気をつけてください」

「ご心配ありがとうございます。ですがリリアン嬢こそ、気をつけてください。今回のようなことは通常あり得ませんが、用心するに越したことはありません」

デミオンの言葉に、リリアンも神妙に頷く。

「……ええ。本当は気がついた瞬間、逃げたら良かったのですが……目が合ってしまって逃げそびれました」

「リリアン嬢、貴女に何かあればカンネール伯爵も夫人も大変悲しむでしょう。それどころか、きっとこの屋敷に勤めている誰もが悲しみますよ。勿論、俺も」

それはリリアンにとっても本意ではない。

「次は、次があったならば、完璧に素早く逃げ出してみせます！」

そのリリアンの意気込みで、何かを悟ったらしいデミオンが少し思案する。それから口を開いた。

「俺の言い方が悪かったようです。……どうか、リリアン嬢。俺が助けるまで無茶をしないでください」

「ええっと……善処します」

とはいえ、どこからどこまでが無茶の範囲に入るのか、リリアンにもさっぱり分からない。状況次第なので、果たして何がセーフになるのか。

上手く答えられず考え込むリリアンに、やはりデミオンが何かを察したらしい。軽く息を吐く。

「デミオン様？」

「そこが、貴女の良いところでもあるのでしょうね。それに……多分リリアン嬢のそういうところ、嫌いじゃないんです。楽しい……のかな」

「楽しい……ですか？」

「ええ、俺の知る人間にはリリアン嬢のような方がいなかったので。……リリアン嬢、貴女のためなら大概のことは俺がなんとかしますから、ご安心を」

彼は有言実行タイプらしいので、これも彼が出来ることなのだろう。けれどもリリアンは引っかかる。何が気になるのか、考えてしまう。

（アランに言った……あの言葉）

アランを煽るために告げた言葉の、幾つが彼の真実なのだろう。あれはただの煽り文句ではない。次男でなくとも家を回す歯車になれるし、誰もが親に愛でられるとは限らない。読み聞かせをしてくれる誰かがいるのは、世の当たり前ではない。そこにだって、容赦(ようしゃ)ない選別がある。

あの言葉が有効だと思ったのは、彼だって嫌だからではないのか。あれは彼自身の話でもあるのでは、と考えてしまう。

(全部が彼にも当てはまる。だからわたしは、あんなことを言わせてはいけないんだ)

それだけは二度とするまいと、リリアンはそっと誓いを立てた。

第三章　婿殿、大変身計画！

事件当日バーク先生に診てもらったデミオンは、運良く大したことがなかったと診断された。デミオンが咄嗟に受け身をしたと発言したからだ。実際、拳が届いていないので目立つ怪我もないのだろう。

とはいえ、暴力を受けた側だ。用心とパフォーマンスを兼ねて数日部屋でゆっくり過ごしてもらう。思わぬ形で、デミオンに休んでもらえる口実が出来たのだけは、元婚約者に感謝だろう。所詮、マイナスがゼロに近くなったぐらいなのだが。

デミオンが手持ち無沙汰で困っていたので、幾つか本を選び、リリアンは日々彼の下に届けている。彼は長らく忙しく過ごすのが常だったため、何もしなくて良い時間に対して、困惑しているようだった。

そこで思いついたのが、読書だ。カンネール伯爵家は読書家であった先代と今代のお陰で、蔵書量には自信があるのだ。その分絵画や壺といった美術品が少ないが、本は良い趣味だと思う。リリアンも好きだ。

「デミオン様、お加減はいかがでしょうか？」

「リリアン嬢、毎日ありがとうございます」

　ここ数日の養生が功を奏したようで、クマがとても薄い。髪の艶も戻りつつある。肌はかなり良くなっていて、元来の美貌がベールを脱ぎ始めている。だが一般男性よりは明らかに細いので、身長に見合う肉が必要だと思う。引き続き、バーク先生からはたっぷりの睡眠と食事をと言われている。

（本当に、酷いことになっていなくて良かった。デミオン様本人も丈夫と言っていたけど万が一ということもあるし）

　やはり休養せよとの診断が出たので、デミオンには積極的に休んでもらうことにした。労働阻止にリリアンは彼の部屋を訪れては、様子を見る。

「デミオン様、本日もお見舞いにきました」

「……こんなにしてもらって、俺は本当に嬉しいです。それに……見舞って欲しいと、我が儘を言ってしまい恐縮です」

　そう、あのあと彼がねだったのだ。ご褒美に見舞って欲しいと頼まれたのならば、それをやり遂げるのが婚約者というものだ。

　それに、折角素の顔を垣間見せたというのに、また元の完璧な彼に戻ってしまった。このように、いつも彼はお行儀が良い。それは躾が行き届いた子どものようであり、誰に対しても穏便に付き合う処世術にも見える。

けれども、デミオンはただ穏やかなだけの人ではない。

（……ドアマットヒロイン、もといデミオン様は長らく冷遇されてきたのだから、すぐに心から打ち解け合うなんて無理だけど）

けれども、リリアンには前世の記憶がある。これはどう考えても彼を幸せにするために導かれた使命のようなもの。

（そう！　ここがわたしの頑張りどころで、気を抜いたりしちゃダメだ。彼が健やかで人生を楽しく生きて、心から笑顔になれるよう頑張らないと!!）

不遇なヒロインを大切にし、頑なな心を解きほぐすヒーローのごとく、リリアンがデミオンを救うのだ。言い換えれば、彼の幸福な人生に、リリアンは責任があると言っても過言ではない。

「デミオン様の喜びがわたしの喜びなので、わたしも嬉しいです」

口にする内容は、まさに今のリリアンの目標そのもの。それはつまり対等で、互いに信用できる関係になりたいという気持ちでもある。同時に、もっと彼を知りたいし、もっと自分のことも伝えたいという願いでもあった。

ぐるぐる考えていると、テーブルを挟みリリアンを見つめる視線に気がつく。見舞いに来たのだから何かするべきだと、リリアンはデミオンに希望を聞いたのだが、自分を見ていてくれるだけで良いと言われたのだ。なので、こうして彼を眺めている。そして、時折内容のない話をする。

（こんなことで良いの？）

顔色の良くなった頬をほんのり染めて、初々しくこちらを見つめる彼は、一体どこのヒロイン様かと思うほど。やはりデミオンが少し分からない。

ただ、あの家族と暮らしていて団らんがあったとは到底思えないので、その方面の経験がないのだろう。情操教育みたいなものだ。

「このまま、寄り道せず健康になりましょうね」

「……ですが、そうなると俺を見てくれなくなりますね」

「デミオン様、お見舞い以外にも仲良くなる方法があるので、大丈夫ですよ」

「文通ですか？」

「奥ゆかしくて素敵ですが、わたしたちは同じ屋敷内にいますので、他のことにしましょう」

「庭の散策や一緒にお茶の時間を過ごすとか、そういったことですか？」

「ええ。それ以外にも観劇や公園に出かけるのはどうでしょう？」

元婚約者に聞いた情報だが、公園には小動物がいて触れることも出来るそうだ。前世でも動物を撫でると癒やされると聞いたことがある。まさしく、今のデミオンにぴったりな場所だろう。

「……大胆なお話に、その……照れますね」

大胆な話になるのだろうか。

（深く考えちゃダメだ。喜んでいることを良しとしよう！）

「そのためにもここでしっかりと完璧に、立派な健康体を手に入れましょう！」

リリアンは力説する。この機会に畳み掛け、デミオンの健康増進計画を発動するのだ。睡眠時間の確保は勿論、王都にある美味しい料理やお菓子をもりもり味わい、ついでに小動物とも触れ合いたい。心も体もがっつり癒やすのだ！

お肌も整ってきたので、美顔マッサージなどどうだろう。今のなんでもない髪型も素敵だが、いっそ長く伸ばしてみるのも良いと思う。

デミオンの髪の毛は艶が復活すれば、眩しいくらいのプラチナブロンドになるはずだ。リリアンの目に狂いはない。かなり伸ばせば、蝶々結びのリボンが似合う貴公子になれるはず。

（くっ、なんてこと。婿殿の可能性が無限大すぎる！）

「リリアン嬢、鼻息が荒いのですが……呼吸が辛くなる持病でもおありですか？」

「違います、わたしは健康第一で生きてます！　心の高ぶりが急上昇して、少し顔に出てしまっただけです。お気になさらず」

さて、本日はデミオンの服を選ぶのだ！　婿殿を合法的に着飾るぞー‼

「リリアン嬢、その……大袈裟ではありませんか？」

「そんなことはありません！　半月後に登城するのです。相応しい装いをしなくてはなりません！」

今回のために広めの部屋を用意したが、正解だった。あれこれ持ち込まれた布や布や布を眺めるだけでウキウキする。釦やリボン、装飾用モールも並べられ見応えがある。

昔は布や釦、レースといったものを個人で用意して、仕立屋に持ち込み依頼するという方法だったらしい。けれども人々の生活が変わるにつれそれが面倒となり、それらの販売を行う商会とデザイナーが繋がり、さらに裁縫師とも繋がり、便利なシステムになったらしい。

だから反対に、庶民の中には服に必要な材料だけ買って自分で作るという人もいるし、そうしない人用の安い仕立屋もある。

（誰の服なのかによって、縫い方とかが変わってくるんだよね、多分。身分が違うと布も変わってくるから）

イーディスによると、紳士服と婦人服では求められる技術も違うらしい。だからどの家でも男性向け、女性向けと専用の仕立屋を最低でも二軒は贔屓にしているそうだ。王族や大貴族は専属を持っているとか。

特に女性のドレスの場合、サロンでモデルさんに着てもらい、私的ファッションショーみたいなことをするらしい。こちらでも、身分があってお金もあるとやることが豪華だ。

（でも、デミオン様は無縁な気がするんだよね。あの粗末な服がそうやって仕立てられたわけないし）

「デミオン様、こちらがうちで贔屓にしてるテーラーのベネットよ。彼には妹さんがいてドレスメーカーをしているの。わたしはいつもそこで仕立てています」

ロナルドと似通った年齢の彼は、いつも綺麗に髪を撫でつけている。あとクルンとしているヒゲが可愛くて、リリアンはなごむ。

「ご紹介に与りました、ベネットと申します。お見知りおきください」

「ご兄妹で同じ道なんて、とても仲が良いんですね」

「ありがとうございます、共に両親と同じ道を歩みました。カンネール伯爵様には大変お世話になっております」

「お父様が見つけた方なの。大急ぎで仕立てて欲しいものがあった時に、こちらのベネットが引き受けてくれたそうです。既にあちこちで断られていたので、精霊のお導きを感じたと聞いています」

仕立てたものも問題なく、むしろ丁寧な仕事ぶりに惚れてロナルドが贔屓にすると決めたのだ。それから彼の妹がドレスメーカーをしていると聞き、幼いリリアンのドレスを頼んでみたところ、こちらも良いと判断し今にいたる。

「ベネット、今日はお父様ではないけれどいつも通りよろしくお願いしますね」

「お任せください、お嬢様」

それから、頼んであったものをベネットの店の者が用意してくれた。事前に言付けておいたのだ。そちらに見本品となるような試作した服はないだろうかと。

お店に行ってすぐ買える世界ではない。でも今すぐ欲しい！　と必死に考えて思いついたのが試作品。連絡すれば恐れ多いと返されたが、どうしても必要なのだとリリアンは手紙で頼み倒した。

「これが、その……当店で試しとして作った品物ですが、本当にお嬢様こちらでよろしいのですか？」

「ええ、試着しなければ合うか合わないかは分かりませんが、今すぐ本当に必要なのです。どうでしょう、デミオン様。少しの間普段に着る分としては、こちらでも問題ないと思うのですが」

素材の布は問題ない。だが、大量生産が当たり前の世界とここは違う。自分のために作ったものではないことに、抵抗があるかもしれない。嫌だろうか。普通の貴族ならば嫌悪感を抱くかもしれない。しかし、すぐに服は作れない。そういうものなのだ。だから彼は理解してくれると、リリアンは願う。

「俺の身に合えば、特に問題はありませんよ」

「そう言っていただけて……ありがとうございます」

リリアンは思わずドキドキした胸を押さえる。彼の寛大さは見ていれば分かるが、それが優しいからなのか諦めているからなのかは見極めが難しい。

自分に心理学の知識が唸るほどあれば、きっと彼に対して適切な言動がとれただろう。物語の聖女のごとき謎の癒やしパワーもない。だから手探りするだけだ。

「デミオン様が健やかになったら、もっと素敵なものをゆっくり作りましょうね」

「楽しみです、リリアン嬢」

未来の楽しい話を少しでもして、それが彼のためになればいい。それを積み重ねれば、やがて本当の明るい未来へと続くだろう。その時、彼がいて己がいる。そんな風になればいい。

その後、幾つかサイズ的に大丈夫なものを無事に手に入れた。勿論、お代は支払う。あと、大変恥ずかしい気もするが、偉大なる勇者の志を胸にデミオンの下着とかもちゃんと注文した。否、注文しようとした。

（だ、だって……殿方だって……その、ちゃんとした下着が大事なのでは？　メイド任せどころか、夜なべして縫ってるかもしれないお手製より、よそゆきの素敵な品格溢れるものがいるんじゃないの？　これ、生きていくのに必須の装備品ですよ‼）

ノーおパンツ、ノーライフだ！

ところがどっこい、リリアンが告げずともベネットとデミオンの間で何か通ずるものがあったらしい。「リリアン嬢」「お嬢様」と立て続けに声をかけられ、その爽やかな笑顔と接客スマイルにより、見事リリアンの口は閉ざされたのだ。

さて、今回のメインは王城へ行く時の洋服。以前の彼とは違う装いで、王太子殿下の御前へと向かって欲しい。デミオンを心配していると思われる殿下も、姿を見て安心するだろう。ついでに我が家の株も上がればと、おまけの期待もする。

華美すぎない、しかし品のある整った素敵な服を着て、デミオンはリニューアルしましたとアピールしたいのだ。

「デミオン様、こちらの布も素敵ですわ！　いえ、そちらの布も……はわわ、この布も似合うなんて！」

「お嬢様、こちらはどうでしょう？　こっくりとした色合いで有名な、宵絹の布です。柔らかく肌ざわりも一級です」

「んまぁー！　こ、これは、デミオン様に捧げし布では……いや、こちらも捨て難いです」

リリアンはデミオンに取っ替え引っ替え、布を当てる。いや、実際はお店の人が当ててくれているのだが、これがまた凄いのだ。やはり、デミオンの顔面には伸び代しかない。この時点でもうすでに格好良い。国の頂点を目指すならばまだまだだが、素材が最高なのでもう天下などとったようなもの！

「リリアン嬢、俺はそれほどはいりませんよ」

「そんなことありません！　我々貴族には、相応の服が必要ですわ」

それは枚数だって同じだ。どう考えても、デミオンにはそれが足りない。圧倒的に足りない。もっと増やしても、誰も文句は言わないだろう。

とはいえ、今回は登城用と普段着と外出着だけ。人並みの体形に戻ってからが本番なので、トライアルみたいなものだろう。

「やはり赤より、青い方がお似合いかしら。淡い色も、濃い色も素敵ですね」

「今まで俺が着てきたものとは、色合いが違いますね」

それは、似合ってない色ばかり着る羽目になっていたからだろう。

「これなんて、凄く似合いますよ！　これにしましょう！」

「ああ、綺麗な色ですね」

「そうなのです！　デミオン様も負けていませんので、きっと素敵な装いになりますわ」

そもそも、ライニガー侯爵家がよく分からない。リリアンが見る限り、彼はハイパースペックを持っている。なんかめちゃくちゃ凄い！　という、雑な言葉で表せるほどだ。

（普通は、ここまでできる相手を手放さないよね。義母が先妻の子どもを邪魔者扱いするのは分かるんだけど……それにしても、廃嫡からの除籍は早計だったのでは？）

ライニガー家は、父親が空気なのだろうか？　超仕事人間で他のことは煩わしいと思うタイプだろうか。流石に義母が除籍手続きまではできないだろう。それは当主のすることだ。

とはいえ、リリアンも世の家族全てを理解しているわけではない。単に見下げ要員に飽きたとかかもしれない。もしくは母親に似すぎて嫌なのか。

（でも、そうならデミオン様のお母様はとんでもない美女になるけど……そんな伝説の美人の話は聞かないな……）

よく分からないが、出会い頭に喧嘩を吹っ掛けられるかもしれないので、その心構えだけはしておこうと、リリアンは考える。

「お嬢様、こちらのお色などいかがでしょう？」
「あら、デミオン様の瞳に映えそうね」
「刺繍はお髪と同じ色にし、お嬢様の瞳の色も入れましょう。釦も同じお色にいたします」
「ええ、そうね。無理を言ってすまないのだけれども、こちらは早急に仕上げてちょうだい、お願いね。幾らかかってもよいわ」

リリアンは広げられたものの中から、さらにベネットが選んでくれる品に相槌を打つ。

その間、デミオンは衝立の向こう側で採寸していた。お店に行けば別室となるが、今回は大部屋なので同室内。のぞき見なんて、もってのほかだ。

「そうそう、ベネット。デミオン様は見ての通り細い方ですが、今は療養中なの。だからきっと体形も変わってくると思うのよ。そこを踏まえて、なんとかならないかしら？」

ベネットが考え込んでしまう。しかたがない。面倒なことを言っている自覚はリリアンにもある。

「難しいことをお願いしているのは分かっているわ。その分支払いに上乗せします」
「採寸より大きめに作りましょう。また何度か伺っても良いでしょうか？」
「ええ、必要でしょうから構いません。仕上がり日は登城する前日ぐらいにして、その日に直せるところは直してもらうのは……どうかしら？」

無茶振りするたびに、リリアンは内心で頭を下げた。

「お嬢様、実はあの日カンネール伯爵様に助けられたのは、このベネットの方なのです。その後、妹の店までずっとご贔屓にしていただき、感謝しかございません。どうかこのベネットにお任せください」

「ではお願いするわ、ありがとうベネット」

これできっとデミオンの衣装はなんとかなる。お金がかかるのは致し方なし。こういう時こそ大盤振る舞いするべきなのだ。彼とは今後も仲良くやっていきたい。だから予算よりもかなり高くついてしまうだろうが、渋ることはしたくない。

「この雫織りのタイと、こちらの刺繍入りタイもお願いね」

リリアンは購入品を決め、店の者に指示する。自分のドレスの時も思うが、綺麗な布が多くて圧巻だ。夏なので薄物が多いが、秋から冬へと変われば王都も寒くなる。

北部へ行けば雪も降るが王都では降らない。代わりに凍てつくような風が吹きつける。本当に寒い。デミオンには温かなコートを作らなくてはいけない。布はどの素材が良いだろうか。毛と一口に言っても、幾つか種類がある。いやいや、帽子や手袋だって必要だ。

折角の機会なので、リリアンはあれこれ見て回る。釦も女性用と違うデザインが並んでいて、新鮮だ。

今は廃れたが、男性にピンク色のレースが大流行したこともある。ロナルドがイーディスよりもひらひらしたピンクのシャツを着て、夜会に出かけていくのが面白かった。デミオンもピンクのシャツが似合うだろうか。あの顔面だ、いける気がする。普通の身体を取り戻したならば、試しに着てくれないかなと妄想してしまったのが悪かったのか。

コツンと、リリアンはつまずいてしまった。

よくある前方不注意というもので、咄嗟に近くの物を掴んだのがまたまた悪かった。不運は不運を呼び、残念な不幸はバトンを繋ぐ。そう、落ちものゲームの連鎖のように。

「ひぃいいいいいい！」

気がついたら、布の山のドミノ倒しだ。そんなバカなと思う間もなく、ぐるりと一周してこちらへ律儀に帰ってくる。なんて素直な動きなのか。

布の津波だ、わっしょーい！　なんて、呑気なことを考えているのは脳みそによる現実逃避だろう。テスト前に漫画全巻読破したくなる心理と同じ。

（こういう時は、何だ？　頭を抱えてしゃがむと良いんだっけ？）

――ぼっふんっっ‼

静寂の後、右往左往する人の声。

それはそうだ、貴族のご令嬢が布のドミノ倒しのただ中にいるのだから、仕立屋には大事件。命がかかってくるやもしれぬ。絶対ベネットには謝ろうと、リリアンは心に決める。いっぱい散財し、お詫びしなくてはいけない。

布の山のほこりっぽさと、視界の不明瞭さの中で、リリアンはそろりと動く。むぎゅっとした重みで分からないが、思ったよりもダメージがない。

(そんなバカな？　だけど、え、え？)

「……リリアン嬢、大丈夫ですか？」

間近で、知った声がする。

(な、何で？　デミオン様は衝立の向こう側にいたのでは？)

デミオンは音速の貴公子ですか？　素早すぎるのでは？　人体の全力を超えているのでは？　実は忍者の末裔？　次々浮かぶ疑問で頭が大洪水だが、全て言葉にならない。

「お、お、お怪我は！　お怪我はありませんか？」

「いいえ、それは俺の台詞で……」

「いけません！　デミオン様の危機一髪です！」

「あ、リリアン嬢！」

健康増進計画を遂行しているのだ、ここで己が、自分自身がそれをポキリと折ってどうする。大変だとリリアンの頭はとっさに判断する。どうも彼に庇われていたらしいが、リリアンは素早くデミオン救助隊員に大変身だ。

布の山であろうとも、非力なお嬢様とてきっと火事場の馬鹿力があるに違いない。いざ覚醒せよ、己の真の力！　目覚めるべきは、今だと魂に語りかける。

「えんやこら、どっせいやーっ!!」

　やはり、自分はピンチの時でもただの令嬢でしかなかった。都合良く怪力が発揮されることもなく、助けられたリリアンは現在デミオンにひたすら謝っている。

「ごめんなさい、違うの、違うのです……こんなつもりはなくて。ごめんなさい、デミオン様」

「大丈夫ですから、リリアン嬢。本当に大丈夫ですよ。もう、お顔を上げてください」

　まさか服の装飾に釦が引っかかっていたとは、なんて破廉恥な罠か。気がつかずに掛け声のまま動いたので、ぶちぶちっといったのだ。

（わ、わたしの秘めた力が、釦を引きちぎる程度なんて……ただの迷惑痴女では！）

　ええ、デミオンが思ったよりも美白の申し子だとか、そんなところに小さなあざがあるとか、リリアンは見ていない。セクシーな黒子があったとか全然、全然身に覚えがないし、知らないのだと声を大にして叫びたい。

「それよりも、手をすりむいていませんか？　是非、俺に手当てさせてください」

　後ろめたさが、リリアンに頷きを促していく。侍女にしてもらうとか、大したことありませんという台詞は、上手く出せなかったのだ。

「これでどうでしょう？」

デミオンによって手当てされたリリアンは、自分の左手を見つめながら感謝を述べる。

「ありがとうございます」

それより、この指だ。

手当てしてもらいながらやはり傷跡は、殆ど分からない感じだと思うのだ。

（ぶっちゃけこれ、大袈裟じゃない？　大袈裟じゃないの？）

巻かれた包帯のせいで、後ほどロナルドとイーディスに突っ込まれるだろう。その後、突飛な考えなしの行動に注意がなされるのだ。

（秘密にしておきたかったのに、秘密にできない！）

リリアンは夕食後、子どものように叱られる覚悟を決めた。人生は長い、そういう日もあるのだ。

ベネットには謝罪もしたし、他の従業員にも勿論詫びた。もし商品に傷などあれば、それの買い取りさえ考えたのだ。ただ怪我のことだけは伏せ、両親に迷惑を掛けたことに関しては伝えるつもりでいた。怪我をしたことで大事になって、余計ベネットたちに迷惑を掛けてしまうと思ったのだが、それ自体浅はかだったようだ。

侍女のジルにも心配されたので、こういう隠し事は良くないのだろう。

デミオンと一緒にいる伯爵家の東屋は、格子状の屋根に植物が絡まるようになっている。そこに四季咲きのクレマチスを植え、ツルを這わせている。白い花が初夏から晩秋まで東屋を彩ってくれるのだ。日差しを遮る花々の下、リリアンは問う。

「デミオン様……わたしに何かお話があるのではありませんか？」

用意されたお茶は、もう口をつけてしまった。添えられた焼き菓子もひとついただいたので、そろそろ本題に入るべきだ。

そのために、リリアンは人払いまでしたのだ。ジルもここにはいない。

「その前に、クッキーの感想をもらいたいです」

「……これは前にデミオン様が作られたものなのですか？」

「はい、俺の手作りです。味は王都で人気の店のものそのままですから、問題ないと思うのですが……人には好みがありますから」

そこで、ちょっと照れるのは地が出ているのか、それともと、リリアンは考える。

「とても美味しいですよ。きっと本物そのままのお味なんでしょうね。でもデミオン様、別に真似しなくても良いんです。これは誰かが工夫を重ねてできた味ですから」

「良くなかったですか？」

リリアンは首を振る。

「とても、とても美味しかったです」

美味しいかそうでないのかの二択なら、絶対に美味しい。バターの豊かな香りが鼻をぬけ、歯を立てればほろりと崩れていく。その瞬間の香ばしさは至福だ。一枚、また一枚と、確実に手を伸ばしたくなってしまう吸引力が凄い。

だけど、そうではない。

リリアンは彼を真っ直ぐ見る。今の彼を形作った環境を思う。想像するのは容易だった。

「デミオン様、いつも本当にありがとうございます。ですが……我が家は侯爵家ではありません。同じように振る舞わなくたって良いんですよ」

欲しがりな義母だというから、アレコレと彼に命令していたのだろう。要求したものと違えば文句を言ったのだろう。そして、誰も止めなかったのだ。

「我が家はそうじゃないんです。うちには料理長がいますし、違う味が欲しければお店の商品を買えばいいんです。……デミオン様は本当に楽しくて、嬉しくて、お菓子を焼きましたか？　デミオン様の好きなことはお菓子作りですか？」

きっと、彼はどのような料理も菓子も、ひとたび口にすれば本物そっくりにできるのだ。以前作ってくれた夕食と同じように。けれども、リリアンはそれをあまりして欲しくない。できるからしなければいけない、そう考えているように見えるからだ。

楽しくないなら、やらなくていい。それでいいじゃないか。

「できるとしても、別にしなくても良いんです」

それを知って欲しい。伝えたい。

そもそも彼は、自分のしていることが好きなのだろうか。

(デミオン様は多分……自分がしたことよりも、誰かが頑張って作り上げたものの方が好きなんじゃないかな)

白いハンカチをなでている彼を思い出す。あの時、デミオンは伝統的な刺繍を受け継ぐ人々へ、敬意を払っていたと思う。

「以前、デミオン様はお母様と刺繍のお話をしていましたよね。あの時、とても穏やかな顔をしていました。今、お菓子を作ったと仰ったデミオン様よりも、ずっと素直で素敵な顔でしたよ」

リリアンがそう告げれば、彼は片手で顔を隠し目を逸らす。どうも表情を見せたくないようだ。

「……貴女は、本当によく見てますね」

「あら、デミオン様はわたしのお婿さんになってくれる方ですもの、ちゃんと見ています！」

「……そうか」

彼がぼそりと呟(つぶや)く。

「デミオン様？」

「もっと早く貴女に出会えていたら……俺は、多分……腐(くさ)らずに済んだでしょうね」

今度は両手で完全に顔を隠す。そのままデミオンは椅子(いす)に身体を預け、天を仰(あお)ぐ。リリアンに顔を見せるつもりはないのだろう。

代わりに、いつもより幾分(いくぶん)低く小さな声で語るだけ。

「……俺はね、本当は分かっていたんです。あの家にいたって自分の将来は好転しないだろうと。未来なんてない。俺自身が家族に良く思われていませんからね、それどころか婚約者にだって嫌(きら)われている。これでも昔は、少し期待してたんですよ……」

語尾(ごび)が微(かす)かに震(ふる)えているのは、当時を思い出したからだろうか。

「だけど諦めました。だから、あの家ごと破綻(はたん)してもいいのかなと考えていました。聞いていて不快に思うでしょうが、……実際そのつもりで俺は何でもしましたから、今頃(いまごろ)俺がいなくなって困ってるはずですよ。少なくとも、以前と同じことは出来ないでしょう」

ほんの僅(わず)かに、こちらを彼が見る。一瞬だけ向けられた瞳は薄暗(うすぐら)い深海の底のようだ。

「……俺は本当に酷い人間でしょう？」

その声が、泣いているように聞こえるのは気のせいだろうか。

確かに彼は様々なことが出来る。よく考えれば、その力を使って屋敷から出ていけるのだ。デミオンなら縄抜けも解錠も、いや二階の窓から抜け出すことだってできそうだ。そして馬で領外へ逃亡できるだろう。

そもそも彼は男性で、リリアンが物語で知るドアマットヒロインたちとは事情が違う。

（けれども、彼はそうしなかった）

微かな笑いが滲む声で言葉を紡ぐ。嘲笑の対象は、彼自身なのだろうか。

「俺はわざと彼らを、図に乗せるようにしましたよ。王女殿下だってそうだ。どんどん要求が過剰になっていくのすら、望んだとおりです。やがて破綻する未来を知っていながら、それをそのままにしてきました。……俺はもう、全部がどうでもよかったんです」

「……それは貴方も含め……いいえ、ライニガー侯爵家の全て、何もかもを破綻させるおつもりだったと思って正解ですか？」

そこで、彼が顔を少し下げる。かざした手の指の隙間からこちらを覗いていた。まるで叱られる子どもが、親の様子を窺うように。

「ええ、リリアン嬢」

「……では今は？　今もそのお気持ちですか？」

「……面倒なことはあまりしたくありませんね。でもかかる火の粉に関しては、容赦なく払う気概はありますよ。俺を拾ってくれたのは貴女ですから。リリアン嬢への恩を仇で返すような真似はしません」

実家と心中する気がなくなって、良かった。本当に良かった。それではリリアンも困る。だが、デミオンを幸せ真っ盛りな未来に導くためには、ここでほっとしているだけではいけない。彼が不安に思うことは全て取り除いてあげたい。

両親がリリアンにしてくれたように、今度は自分がデミオンに行うのだ。いやいや、もっともっと頑張らなくては。そうして、未来の婿殿に最高の幸せを噛みしめて欲しい。

「デミオン様、これからはわたしともう少し正直にお話ししましょう。……でも、無理にとは言いません。話せる範囲で構いませんので……貴方のことを知りたいです」

己を絶対好きになって欲しいとは、望まない。だが仲良くはなりたい。彼はリリアンの婿殿となり、一緒の家に住む身。ならば信頼できる関係になりたい。

(……もう気を遣わせたくないし。料理だって屋敷のことだって、お父様やお母様のこともそうだよ。無理させているなら、凄く悪いから)

リリアンはデミオンと打ち解けたいだけだ。だから少しでも教えてくれると嬉しい。そう願う。

会話が一段落したからか、デミオンがお茶を淹れ直してくれた。ここはリリアン自ら淹れた方が良いのではと思ったのだが、デミオンに「慣れていないでしょう?」と言われた

のだ。

まさしくそうだが、少しだけ己が恥ずかしい。幸せにすると決めている相手なのだから、良いところを素早く見せたいのに、ままならない。

ほのかな羞恥を、喉を潤す飲み物で流し込んだリリアンは、デミオンへ穏やかに語りかける。

「念のための確認なのですが、……その、デミオン様はわたしのことを好きではないですよね？　契約結婚ですし、そこは理解しています。ですが、だからこそ……好きではない人のために、料理や屋敷のことなどを色々していて辛く感じませんか？」

彼はリリアンの婿殿であって、使用人ではない。ましてや恋人でもない。正直、苦痛を我慢していたらと不安になってしまう。

「大丈夫ですよ、本当のことをおっしゃっても。デミオン様とは出会ってまだ日が浅いですから、期待などありません」

息を止めじっと見極めるように見つめれば、デミオンが柔らかないつもの顔をする。

「……では、俺が今リリアン嬢に跪いて愛を語っても受け入れられないということですね」

「それ、本気で言っていますか？」

「冗談です」

今度は、にっこりと笑顔になる。まるで悪戯が成功した子どものような表情だ。茶目っ気たっぷりの瞳には、先ほど見た仄暗さはなく、リリアンはほっとする。少しは彼のことが分かるようになった。

突然愛を告白されても、リリアンには理解が追いつかないだろう。契約結婚を持ちかけたのは、自分の方なのだ。デミオンは居住まいを正し、改めてリリアンを見る。思ったよりも普通だ。彼は随分とタフな人なのかもしれない。

リリアンは釈然としないが、突っ込んでも誤魔化されそうな気がする。

「ですが、リリアン嬢。俺は貴女が好きですよ」

「デミオン様、好きには種類があります。同じ好きでも種類によって向ける感情が少しばかり違うと思うんです」

「……そうですね、リリアン嬢のご指摘通りです。俺の好きは……愛してるではありません。恐らく、恋しい相手に向けるような、尊い愛などではない気がします。でも不思議ですが、貴女に興味はあるんです。俺の好きは……もっと様子を見ていたい、眺めていたい、そういったものだと思います」

それは、良い意味と捉えていいのだろうか。いいや、そうであって欲しいとリリアン自身が思っているのだ。契約を結ぶ他人ではなく、もっと近い存在。身内のようなものになりたいと思うから、そうではないことを恐れているのだろう。

言葉の続きを急かさぬよう、リリアンは口を挟まない。彼の言葉を待つ。

デミオン自身、摑みかねているのだろう。途切れ途切れに、言葉を重ねてくる。同時に自分の中の感情を確かめているようでもあった。

「……俺は、そんな感情を持つのが……初めてなんです。それでも、多分……いや、きっと……俺は、貴女を、リリアン嬢を好ましいと思っています」

「……それは」

リリアンの呟きに、デミオンが繋ぐように言葉を続ける。

「ええ、これが俺の今の思いです。拙いものですが……嘘も偽りもありません。正真正銘、俺の貴女への気持ちです。こんな俺でも、リリアン嬢はまだ契約結婚の相手としてくれますか？」

「……正直に伝えてくれて、ありがとうございます。わたしは……いえ、わたしもデミオン様のことが知りたいと思っています」

正面から、デミオンがリリアンを見る。

その瞳は深海の色で、普段は穏やかで荒れることなどないようだ。けれども、本当は色が深いだけではないだろうか。海底に何かが潜んでいても海面からは分からないのと同じだ。

（だけど……今は、見せてくれている。デミオン様は自分の気持ちを教えてくれた）

リリアンはそのことを嬉しく感じる。きちんと少しずつ、彼に近づけている。契約結婚だとしても、今度はきっと前より良い関係になれると期待が胸に灯っていく。

「だからどうか……これからも、デミオン様のことを教えてください。代わりに、わたしのことを知りたいのでしたら、どうぞお好きに観察してください」

「観察しても良いのですか？」

「勿論です、質問にだってお答えできます。わたしたちはまだまだ知らないことばかりですから、どうぞ！」

少しばかりリリアンは胸を張って、そう答える。

信頼関係が徐々に築けているのだ、次には情報交換で互いのことをさらに知っていくべきだろう。

「どんなことでもですか？」

「はい、どんなことでもお答えしますよ」

何を聞かれても、リリアンは誠実に答えるつもりだ。好きな色でも、好きな食べ物でも、好きな花でも、何でも良い。反対に苦手なことを聞かれても、恥ずかしがらずに伝えようと思う。

（これで、もっとデミオン様と仲良くなれれば、必ず彼を幸せに出来る！）

リリアンが心の中で拳を突き上げていると、デミオンも何やら思いついたようだ。

「では、リリアン嬢に質問しても？」

「はい、デミオン様」

「リリアン嬢は、どのような男性が好みですか？」

「……は、い」

「俺とは契約結婚ですが、苦手なところがあった場合は互いに困ると思いまして。事前に分かっていけば、気をつけられるでしょう」

「そ、そ、それ、それは……」

その質問は、リリアンの想定外だ。契約だからと、考えたこともなかった。

（す、好きな……好きなタイプを……暴露せよということですか！）

何という、恥ずかしい質問だ。

途端、リリアンは返答に困ってしまう。どう答えようか考えがまとまらず、両手を握ったり開いたりして誤魔化す。しかし、ここで無理ですなどいえるわけがない。どんなことでも答えるといったばかりだ。

「わ、わた……しは、その、……素敵な殿方というのは……優しくて」

それから、次は何だろう。

「ええっと、親切で……」

自分で言うのもなんだが、優しいも親切も似通った意味ではないだろうか。他に、何かないのだろうか。

「……笑顔が素敵で……」

言葉を重ねる度に、自分の顔に熱が集まってしまう。

(好きっていうことは……理想なわけで……わたしの理想の人って)

「エスコートしてくれて、あ！　美味しいものを知っていて、他には……」

何を、自分は求めているのだろう。リリアンは考える。どうしても思い出すのは、終わってしまった前の恋だ。まだ失敗する前、愛されていると普通に思っていたあの頃、自分はどう考えていただろうか。

(……わたし、高望みなんてしたつもりはなくて……)

ただ、思っていただけだ。漠然と考えていた。

「ずっと……隣にいてくれるって、人で……」

呟きが、苦い思いを呼び起こす。

そうだ。単純な自分は、そう信じていた。それが当然だった。繋いだ手が、交わした想いが、ごく普通に続いていくのだと考えていた。

けれども、違った。

(だから、今度は間違えないようにしようって思ったんだ、わたし。愛のない婚約をしようって思ったんでしょ)

ならば望むのは、伯爵家をリリアンと一緒に継いでくれる人だろう。恋人を求めているわけではない。

リリアンは首を振って、先ほどの言葉を訂正する。

「……さっきのは、忘れてください。違うんです。わたしが求めるのは、わたしと協力して歩いてくれる人です。お父様とお母様から受け継ぐこの家を、また次の世代へと渡したいので。そしてわたし自身を嫌いになってもう無理なら、ダメだって言うなら、事前に説明してくれる方がいいですね」

「養子を取るにしろ、時間と準備は必要ですからね」

「ええ……そうです。最低でもそれが出来る信頼ぐらいは、必要じゃないかと思います」

嫌なところがあれば教えて欲しかった。気になる箇所は指摘して欲しかった。心がもうなくなったならば、ふたりの時に伝えて欲しかった。

しかし、元婚約者はそうはしてくれなかった。

「俺も、同じですね。隣を一緒に歩くならば、気兼ねなく手を繋げる方がいいですから。信頼できない相手とも手を繋ぐことは出来ますが、いざという時に支えきれるかは分かりません」

「……そう、ですね」

協力するということは、支え合うことだ。それはつまりどちらかが困っている時、もう片方が手を差し伸べてくれるということだろう。

（わたしは、デミオン様へ手を伸ばすに値する人になれるだろうか）

しかし、その反対ならば自信がある。

もしデミオンがリリアンに助けを求めてくれるならば、自分はなにをおいても彼の側に行くつもりだ。彼を幸せにすることを目標にしたならば、それぐらい朝飯前でやってのけなければ契約結婚した甲斐がないというもの。

「デミオン様！　もし何かあったならば、わたしを頼ってください」

「布の山から、俺を救おうとしたようにですか？」

「はいっ。あちらは失敗しましたが、それでもわたしは自分の婿殿になる方を、必ずお助けする所存っ……ぴゃぁっ!!」

ふんすと意気込んだタイミングで、東屋に風が入ってきた。葉を散らし駆け抜ける突風に、リリアンは思わず目を瞑る。ついでにクシュン！　と、くしゃみまでしてしまう。

「……な、な」

「リリアン嬢、大丈夫ですか？」

「だ、大丈夫ですが……お茶が」

カップの中に、葉が一枚落ちている。これではもう飲めないだろう。

「また俺が淹れるので、大丈夫ですよ。それより、リリアン嬢……少しだけ、動かないでくれますか」

そういって、デミオンが席を立つ。どうやら、こちらへ来るようだ。

「あの……えっと、デミオン様？」

「ええ、ちょっと動かないでください。多分、葉っぱや花弁だけだと思うので……」

その言葉に、リリアンはぎょっとする。

「む、む、虫がいるのですか‼」

それはいけない。リリアンは前世でも今世でも、虫は苦手だ。庭の花を見るのは大好きでも、その葉に虫がいたならば硬直してしまうぐらい嫌いな生き物だ。

「……で、デミオン様……」

青ざめたリリアンの顔色を見て、デミオンも即座に理解したのだろう。殊更、優しい声を掛けてくれる。

「きっと違いますよ。風で虫が飛ばされても、ここまでは入ってきませんから。でも、葉や花弁がリリアン嬢の髪についてしまっているので、少しだけ触れますね」

「お、お願いします」

リリアンは再びぎゅっと目を閉じると、絶対に身体を動かすまいと誓う。万が一、得体の知れない虫が付いていた場合、即座に捕まえて貰うためにも、自分は岩のごとく動かぬほうが良いだろう。

（早く、早く……終わって……）

前世の記憶にある、黒いツヤツヤした虫が特に大の苦手なので、そやつだけには絶対に遭遇したくないと思ってしまう。

（流石に、そういう虫じゃないと思うけど、毛虫とかだったらどうしよう）

考えただけで、もう心の中の自分は涙目である。

身じろぎひとつせず固まっているリリアンの側で、デミオンが手を伸ばしたのだろう。衣擦れの音やかさりという葉っぱの音がリリアンにも届く。

息を止めているからか、自分の心臓の音まで良く聞こえるようだ。

「……リリアン嬢、もう少しだけお待ちください。花弁が、髪に挟まっているようで」

見えていないからか、彼の声がより良く聞こえる。髪に触れたのだろう指先やすぐ側にいる気配が、いつも以上に感じられるようだ。体温が近いと思うのも、そのせいだろうか。

リリアンは息が苦しくなり、顔が真っ赤になってくる。これは息を止めたからだが、はたから見ると恥じらって赤面しているようではないか。

（そ、それは、何だか余計に恥ずかしいのでは！）

リリアンが、遂に息苦しくなりぷはっと、口を開いた瞬間だ。覗き込んだデミオンに声を掛けられる。

「ちゃんと取れましたよ」

「ひゃひゃひゃいっ!!」

「ああ、すみません。驚かせましたね」

(……めちゃくちゃ顔が近いのでは?)

吐いた息を吸ってしまうほどの至近距離に、リリアンの心臓もびっくりだ。大きくドキンと高鳴ってしまう。

「こちらの葉と花弁が、リリアン嬢の髪の毛に付いていました」

「ありがとうございます」

デミオンが見せてくれるのは、言葉通り何かの葉っぱと花の花弁だろう。庭の花木のものかもしれない。

「あの……デミオン様、何かまだあるのでしょうか?」

まだ視線が自分に向けられている気がするのだ。

「……いえ、リリアン嬢は淡い色合いが似合うと思っただけです」

「髪の色が茶色なので、白っぽい色の方が目立つからですね。でもわたしの髪型は……今の流行ではないので」

王女の髪型が今の流行だから、実際何処へ行っても同じようなカールをしている令嬢を見かける。皆、ふわっとした可愛らしい髪型で、リリアンも羨ましく思っている。

ただ、自分の髪質とは合わないので、ないものねだりというものだとも、理解はしているのだが。

（でも……そこも、アランは気にくわなかったようだし）

男性は皆、あんな髪型が良いのだろうか。

「デミオン様も、流行のふわふわした髪型がお好きですか？」

「ふわふわした……もしや、王女殿下のような髪型ですか？」

「ええ、今はその髪型が流行っていますから。でも、わたしの髪はカールに向いていないらしく。面白みがないかなと思うんです」

「……そうは思いませんが」

言いながら、デミオンがリリアンを観察する。髪型だけかと思ったが、上から下まで見られているようだ。リリアンは落ち着かなく、少しだけ顔を逸らした。

「リリアン嬢の髪は綺麗ですよ。艶々して、丁寧に手入れされていて……俺は優しい色だと思います。初々しい若葉のような瞳の色と相まって……貴女は春の乙女のようだ」

すっと彼の手が伸びてきて、リリアンは緊張する。

「すみません、まだ花弁が一枚だけ残ってました」

言葉の通り、その指先が花弁の欠片を摘まんだのを見て我知らずに小さく息が零れる。

「この花弁のような色も、リリアン嬢には似合いますね」

「そうですか？」

「リリアン嬢はきっと上品な装いが似合う方なのでしょう。目立つのではなく相応しいんです。だから、深い色も釣り合うと思いますよ。何より、真っ直ぐな髪だからこそ、軽やかな触り心地だったので。……あ、これは、今触れることができた俺だけの感想ですが」

「婚約者になるので、大目に見てください」と、彼が人差し指を立て内緒話のようにリリアンに話しかける。その様子は嘘やおべっかを言っているようには見えない。

「……デミオン様にそう言ってもらえると……嬉しいです」

「では、俺と仲良く契約を続けてください。……リリアン嬢の苦手な虫も、俺がいつも対処しますから」

「……む、虫は、本当によろしくお願いします」

そう、リリアンが心底願って拝んでしまったからだろうか。きょとんとした後、デミオンは楽しそうに微笑むと自分の席に戻ったのだ。

その後、彼が改めて話の続きをする。

「リリアン嬢ご自身は、俺に対して何か質問はないのですか？　俺の質問に答えて貰ったので、何かあればお答えしますよ」

「……質問は……その、先ほどの逆ですが……えっと、わ、わたしの容姿も含め、本能的に厳しいとか無理って思うことはありませんか？」

やはり、そこは必ず確認しなければならないだろう。気がつかないところで無理と我慢を積み重ねて欲しくない。どうしてもダメなら、早い段階で白紙に戻すことも有りだ。

（幸せにしたいのに、わたしが彼の不幸の種になったら意味がないからね！）

ぎんぎんと目を冴（さ）え渡らせ、リリアンはデミオンに問う。それこそ、崖（がけ）へダイブするような心地だ。

「……それは大丈夫ですよ。そもそも、そう思っていたら、正直に最初に告げてお断りします」

「本当ですか？　遠慮（えんりょ）してませんよね」

「遠慮ではなく、本当に大丈夫です。可愛らしいご令嬢に、俺はそんなことを言いませんよ」

「……わたしが目の前にいるからって、褒（ほ）めなくてもいいんですよ」

「お世辞ではなく、思ったままを言葉にしましたがいけませんでしたか？　女性は王女殿下と家族ぐらいしか存じないので、言い方が悪かったら遠慮せず教えてください。ね？」

長い睫をぱちぱちさせて微笑み、彼は小首を傾（かし）げる。婿殿はあざと可愛さが過ぎるようだ。何という攻撃（こうげき）力の高さ。

（こ、これは、強すぎる!!）

「……悪く、ないです」

「良かったです」と安堵（あんど）する彼を見ながら、リリアンは思う。これほど柔らかく喋（しゃべ）り、同じだけ穏やかな顔が出来るのだ。健康を取り戻せばモテるのでは、とリリアンは想像してしまう。

（しかも、するっと褒めてくるし、それだって本心とか言うし……）

手強いという言葉が、自然とリリアンの頭に浮かぶ。

「他には、何かありますか？　元家族のことでも構いませんよ。いえ、リリアン嬢に伝えておくべきですね。どうか、俺の家族の話を少しだけ、聞いてください」

そういう彼は、新たにお茶を淹れてくれる。リリアンの目の前に、また温かいお茶が用意された。

「俺はご存じの通り、ライニガー侯爵家の嫡男として生まれました。ただ、生まれる前に一悶着あったそうです。父にはれっきとした婚約者がいたのですが、そこへ俺の母が割り込んできたとか」

「……ですが、その、デミオン様のお母様は子爵令嬢だったとか」

しかも、天涯孤独の身。親族のいない令嬢が、どうやって侯爵家の花嫁に選ばれたのだろう。同じ家門ならば、全くないわけでもないが、どうやらそうでもないらしい。

身分の差を思えば、普通に無茶苦茶な展開だ。

「ええ、そうなんです。おとぎ話みたいでしょう。母は俺の祖父にあたる前侯爵に大変気に入られ、見事婚約者の座を手に入れた。待望の嫡男を産む女性に選ばれたんです。だからですね、父は母を嫌っていました。母が亡くなったその日のうちに、彼女の持ち物全てを焼き払ったぐらいですから、相当です」

随分とコメントし難い事実だ。リリアンに分かるのは、デミオンの父親が妻を徹底的に嫌っていたということだ。彼はそこまで自分の母親を嫌う父親を見て、どう思ったのだろう。

「そして父に望まれ、後妻となったのが今の侯爵夫人です。彼女との間に生まれたのが俺の異母弟のジュリアン。父はその時、大層義母を褒めていました。きっと最初から、俺を後継にするつもりがなかったからですね。祖父さえいなくなれば、後はもう父の自由だ。祖父は絶対に俺を後継にしろと、父に対してうるさいくらいに命令をしていましたから」

少しだけ、彼が懐かしむ顔をする。

「祖父は俺を可愛がって……いえ、とても期待していましたね。立ち方歩き方やマナーに始まり、語学や歴史、計算と馬術など。剣術も少しだけ、当時習ったんですよ。今は使う機会もありませんが。そうして、祖父は沢山の教師を俺に付けてくれました。いずれライニガーを継ぐのはお前だと日に何度も言っていました。教師からの報告を満足げに聞き、これで我が家紋の将来は安泰だと口にしてました。それも父は良く思っていなかったんでしょう」

「デミオン様のお祖父様は？」

「もうとっくにアルカジアの門を潜り、天宮の揺籠に還りました。故に父はジュリアンを後継にすると決め、俺は形ばかりの嫡男になりました。義母の要求が増えてきたのもその頃からです。俺は沢山叶えてあげましたよ。まあ、それが余計に父の機嫌を悪くしたのですが」

「でも……デミオン様は言われた通りにしたのでしょう」

「ええ、そうです。とはいえ、エスカレートするぐらいにはやりすぎたんですよ。元から俺は父に疎まれてますから、さらに厭わしく思ったんでしょうね」

デミオンはその整った顔で、カップに口をつける。己の淹れた飲み物を優雅に味わっていた。その姿は落ち着いているからこそ、冷たくも映る。

所作も隙がなく、どの角度から見ても高貴な存在だと分かる。祖父が教育に熱を入れた結果であり、同時に父親から嫌われた結果でもある。同じ人物なのに、こうも扱いが違うのか。

客観的に語る彼の話は、その語り口だからこそ酷いものだった。

「言いましたよね、俺は何でも出来るんです。本当に、嘘偽りなく何でも出来るんです。やったことがないことだろうと、きっと全て上手く出来ますよ。リリアン嬢はそれをどう思われますか？」

「す、素敵なことだと思います。でも人によっては妬ましく思うでしょうね」

　では、彼の父親もそうなのだろうか。何でも完璧にこなしてしまう息子に、嫉妬したのか。そうして、彼に用意されたものを取り上げたというのか。

（わたしの知っている前世の世界でもそうかも。わたしの父親だった人間だって、良い人とは言えなかったし）

　親が必ずしも善良とは限らない。親が善良だという決まりは、この世界にも全くないのだから。

　リリアンは動じずにいる彼を見た。悲しみも苦しみも感じてないかのように表情は凪いでいる。その心も、荒れてはいないのだろうか。

　それとも――。

（……デミオン様は刺繍の時、全てを完璧に出来る人間はいないと、言っていた）

　ならば、出来てしまえる自身をどう思っているのだろう。それはけして、良い意味ではない。彼を肯定するとはとても思えない。

「俺は、出来るからこそ祖父に後継として望まれ、同じ理由で父親に疎まれてるんですよ――不思議ですよね」

　世界を映す彼の眼差しは深海の底、見えぬ海淵を彷彿させる。人は一番高い山に登れても、宇宙にだって飛んで行けたとしても、まだまだ海の底は難しい。最も深い場所へはたどり着けた例しがない。そう聞いた前世の話を思い出し、リリアンは唇を噛んだのだ。

彼にどう声をかければいいのだろう。怯んでしまう自分の心に、リリアンは文句を言う。

（わたしが……わたしが、今ここでデミオン様に何かを言わないでどうするの！）

心を奮い立たせ、リリアンは真剣な表情でデミオンに語りかける。

「デミオン様にはわたしがいます！　断崖絶壁も一緒に登ると言いましたし、運命を共にするとも言いました。へなちょこな侯爵家なんてわたしが蹴散らします!!」

自分の使命を思い出せ！　と、リリアンは己に発破をかける。幸せの大盤振る舞いで悲しいことを粉砕し、塵芥にしてしまおう。目指すは、みんなが羨むハッピーライフだ。

鼻息荒く、リリアンは拳を上げて宣言する。

「わたしがデミオン様を、世界で一番幸せな婿殿にします！　口先ではないことを人生全部で証明してみせます。絶対ですからね！　このわたしに、どうかお任せあれです!!」

勢いのまま、椅子から立ち上がったリリアンのガッツポーズを見て、デミオンが目を見開く。それからくしゃっとした顔になった。悲しいことを思い出させてしまったのか。

こんな時、お話の中のヒーローならばさりげなくハンカチを渡すのではと、リリアンはドレスのポケットを探る。いかなる時も涙や涎を拭うことができるよう、準備万端なのだ。

だが、リリアンが動くよりも、デミオンの言葉の方が早かった。

「……貴女は……凄い方ですね……」

そう、喜びを噛みしめるように告げる彼の表情を、リリアンは一生忘れないだろう。

第四章　お姫様と特別なケーキ

（その苦労が報われますように！）

遂にきた王太子妃殿下とのお茶会の日。リリアンはばくばくする胸を押さえる。この日のために、立ち振る舞いの見直しをしてきたのだ。

本日は非公式なので、華美すぎる装いは避ける方針。シンプルなデザインのドレスは、その代わり高価な絹のタフタだ。朝露に濡れた葉しか与えない蚕の糸は、透明感がありしっとりしている。だからだろう、ドレープもシルエットもいつもより洗練されたもの。身につけるアクセサリーも上品な真珠を選んだ。重い雰囲気の髪も、できるだけすっきり見えるように編み込んでもらったので、いつもより賢そうに見えるはず。

（……場違いな格好をして顰蹙を買うことだけは避けたいから）

リリアンは隣のデミオンに、再度確認する。

「で、デミオン様……わたしおかしいところはありませんよね」

「ありがとうございます、デミオン様」

「リリアン嬢、そのドレス姿とても素敵ですね」

「ええ、大丈夫です。リリアン嬢は本日も魅力的なので、エスコート出来る俺はとても幸せ者ですよ」

どことなく、彼が自分を良く褒めるようになったと、リリアンは思う。以前もそうだった気もするが、より顕著になったと感じるのだ。とはいえ、悪いものではない。素直にリリアンは受け取り、デミオンに手を引かれ馬車に乗り込む。

本日の装いは、デミオンも素晴らしい。

（ベネット、ナイスですよ！　良い仕事を、ありがとうございます‼）

何もかも眼福だと、リリアンはしみじみ思う。絵画を鑑賞するかのごとく、デミオンを眺め、やはり凄く良いと思うのだ。

今日のデミオンの服は緑がかった深い青が基調だ。そこへ、リリアンの瞳の色と同じ刺繍がなされている。刺繍の糸に、彼自身の頭髪と同じ銀色の糸が交じっているのだろう。角度によってきらきらと輝く。

それは身につける当人も同じ。毎日きっちり三食とり、睡眠も短縮なしでしっかりとって貰っている。クマは消えたし、頬もふっくらしてきた。何よりも、パサついていた白髪のようだった髪が、本来の色を思い出してくれたのだ。光に輝くプラチナが今日も眩しく、彼を彩ってくれる。

（しかも、健康効果で髪もぐんぐん伸びて、今では立派はおかっぱですよ‼）

定期検診をしたバーク先生曰く、栄養状態が良くなった影響ではないかとのこと。食べたのものが身体にきちんと行き渡り、必要な栄養を得られるようになり、デミオンの銀髪も元気よく伸びるようになったのだ。

（わたしの婿殿の顔が今日もいい！　凄く知的イケメンだ！）

感激ついでに、リリアンは日課をこなす。これは見舞いの時、つい手を伸ばしてしまった拍子に、できたものだ。デミオンの髪と頬の確認のために触れたのだが、思いのほか素晴らしいさわり心地に、リリアンの理性がデロデロになりかけたのだ。それを見透かされ、一日一回堪能するのはどうだろうと提案されてしまった。

良い夫は、妻の求めを察することが出来てこそという、彼の持論にリリアンの欲望が負け、今日にいたる。

「デミオン様、今日も頬を触りますね」

少しでもリラックスするため、リリアンは早々に彼の頬へと手を伸ばす。そもそもこの行為のために、馬車で座る席を隣同士にしたのだ。向かいの席ではジルが冷めた目でリリアンたちを眺めている。

「……はあ、デミオン様凄く癒やされます。すべもち素晴らしいです」

「そうですか？　俺からすれば、リリアン嬢の方がずっとなめらかなように見えますが」

「いえ、絶対デミオン様の方が極上です‼」

確かにリリアンも近頃良い感じだが、これも全て素敵な婿殿効果に違いない。病も気からと前世の記憶が言っている。ならば美肌も気分からなのだ。

「デミオン様……御髪も、本当にイイです!!」

そのさわり心地に、リリアンの魂が昇天しかける。うっとりしてしまう。

(めちゃくちゃサラサラで……、この界隈のてっぺんをいくのでは?)

デロデロな顔で頬や髪を堪能していたせいか、侍女の咳払いが入る。淑女として警告ものらしい。よく考えれば、確かに令嬢が異性にベタベタお触りしすぎだろう。そこに性的なものは一切ないが、致し方なし。リリアンは断腸の思いでデミオンのすべもちサラサラとお別れした。また触れる時も、自分をしっかり癒やして欲しいと願いながら。

そのリリアンの様子を見ながら、デミオンは笑う。慰めるように、茶会の相手について説明してくれる。

「緊張しなくても大丈夫ですよ。サスキア王太子妃殿下は気さくな方で、リリアン嬢とも仲良くしてくれるでしょう」

「デミオン様は……その、王太子妃殿下ともお知り合いなのですか?」

「俺は子どもの頃、王太子殿下の遊び役として登城していたことがありましたので、その時お会いしました。祖父がまだ元気だった時ですね」

「サスキア王太子妃殿下は、その頃すでに王太子妃候補に上がっていたのですね」

「いえ……多分、彼女は他の目的があったと思いますよ。とにかくご安心を、リリアン嬢」

とはいえ、サスキア王太子妃殿下は公爵家の出で、生粋のお姫様だ。リリアンの不安全てが、消えてはくれない。

この国の公爵家は四家。その内、三家は王家の傍系だ。つまり、サスキア王太子妃殿下の実家チルコット公爵家は、この国唯一の臣民の公爵位なのである。

（勉強した歴史の通りなら、チルコット公爵家は遙か遠い昔、大陸との戦争時に王族を守った功績で爵位を授与されたはず）

とても凄いことを、公爵家の先祖が行ったのだ。それ以来、チルコット家は王家に忠誠を誓い続け今にいたる。その事実を裏打ちするように、チルコット公爵領は王都の東側にあり、扇の形になっている。まるで王家を守る盾のように。

思い出せば思い出すほど、相手がとんでもない大貴族だと知る。歴史と伝統が積み重なった、名門という立て看板がリリアンを責めさいなむ。

（大丈夫、大丈夫、わたしだってなんだかんだいって伯爵家のご令嬢。うちだって、ちゃんと歴史がある）

すーはーすーはーと深呼吸をし、少しでも緊張を追い払う。固まる身体にいつも通りだと言い聞かせる。城内ですっころばないよう祈ったり、迷子にならないよう祈ったり、リリアンは忙しい。

　そのガチガチのリリアンの手に、デミオンが触れる。重ねるだけの接触だが、彼の身体の温かさをリリアンは感じた。

「リリアン嬢、そんなに不安がらないでください。もし何かあったならば、俺を呼んでください。必ず駆けつけますよ」

「……お気持ちだけ、ありがたくいただきます」

「甘やかされてはくれないのですね」

　寂しい声音で告げられても、リリアンの意志はかたい。

「以前も言いましたが、驕りの元なので甘えの過剰摂取はダメなのです」

　恋愛経験値の低いリリアンでも、つけ上がるのは良くないと知っている。特にデミオンのように何でもしてくれる相手は注意が必要だ。

（人は慣れてしまう生き物で、大切にしてくれる気持ちを当たり前に思ってしまうから。

　誰かの特別に胡座をかいて無下にするなんて、よくある失敗の定番だろう。

だから気を引き締めなきゃ！）

「リリアン嬢はしっかりしていますね」

「そもそも、デミオン様だって王太子殿下に呼ばれているのですよ。わたしに構っている暇はないはずです」

「そこを何とかすると言っているんです」

「何とかしなくて結構です」

リリアンはやはりきっぱりお断りする。全く油断も隙もない。こういう時は話題変更である。

「そういえば、デミオン様。あの箱には何が入っているのでしょう？」

リリアンの真正面に座るジルは、立派な箱を大切に抱え、膝の上で固定している。出かける際、デミオンに渡されたものだ。

「あれは、リリアン嬢への援護射撃ですよ。サスキア王太子妃殿下に、俺からだと渡して欲しいんです」

「中身を伺っても良いですか？」

「美味しいケーキです。かつて愛された品物ですと、お伝えください。それで通じると思います」

「……それは、どなたかが愛されたケーキということですか？」

「そうです。このケーキで、きっとサスキア王太子妃殿下は貴女と打ち解けてくれます、俺を信じて……ね、リリアン嬢」

微笑む彼を見ながら、断っても分かりやすくしゅんとしなくなったと気がつく。会話を重ね打ち解けてきたのだろうか。

しかし、素の彼は穏やかで親切で優しいだけではない。何でもすると言いながら、断られても動じなくなった彼の本心は、実際のところどこにあるのだろう。

（……試されてたとか？）

ふと思いついた可能性は、妙にしっくりくる。同時に自分には関係ないと首を振る。何しろリリアンはリリアンでしかない。考える内容も、できることも、リリアンはリリアンという人間を超えることが出来ない。真相がどちらにせよ、リリアンは常にリリアンであることしか出来ないのだ。今から取り繕うことも無駄であるし、後悔なんてもっと意味がない。

（あー、でも、それって……）

つまり、今の彼はリリアンを信用しているということの証ではないだろうか。

（少なくとも、面倒な性格かもしれないって思われてもいいと思っているんだよね）

それだけリリアンは彼に近付いたのだ。これは幸せへの確かな一歩に違いない。

リリアンは自然とによによしてしまう。その顔を見て、デミオンがほっとしたようだ。

「元気が出てきたようですね」

「ハイ！　わたしはいつでもデミオン様の味方ですからね。ケーキ、ありがとうございます」

王城内でリリアンはデミオンと別れる。彼は予定通り王太子殿下の下へ向かう。リリアンとジルは女官に案内され、王太子妃殿下のところに行く。

王城は精霊王の愛でる白百合にあやかってか、真っ白い建物だ。尖塔が連なるタイプではなく、宮殿のような造りだ。楕円の中庭を囲うように建物が輪になって並んでいる。そこからさらに放射状に延びた回廊で繋がっているのが、後々増築された箇所だ。時とともに改築と修繕が行われているが、できうる限り建設当時の姿を維持している。

両親に昔聞いた話によれば——貴族の建物にも見られるが——古い建物ほど精霊による強い守りが施されているらしい。だから既存の建物に別棟として継ぎ足すことにより、守りの精霊術を崩さないようにしているらしい。

（何処に案内されるのだろう？）

リリアンは周囲を見回したい気持ちを抑える。思っていたよりも、城の奥に連れて行かれている気がする。光の差す回廊をしずしず歩きながら、緊張が増す。

王城の通路に特別、物々しい何かがあるわけではない。しかし、ここには古の守護が確かに息づくという。精霊術を使える者は、誰もがなれるわけではない。生まれた時の星の巡りで決まるのだとか。身分も関係ないので、庶民にとっては大きなチャンスとなる。

少なくとも、これで将来食いっぱぐれることはない。職業は変えられないが、生涯国に面倒を見て貰えるし、結婚相手にも困らない。良いことずくめだ。

その姿を人間は目にすることが出来ず、尊い身から零れる淡い光のみという、不思議な存在にもかかわらず、誰もが知っている相手。生活を便利にしてくれる力が込められた精石をもたらす相手。

（見えないのにいるんだから、前世の幽霊みたい……）

実際は本当にいるらしいので、幽霊よりは確かな存在である。特に精霊王に直接仕えているという、十二精霊は有名だ。精霊王と彼らの数を含め、一年を十三ヶ月とするのがこの国の暦だからだろう。それぞれ司るものがある。例えば精霊王は始まりと終わり。他には再生だったり守りだったり、崩壊なんていう物騒なものもある。

などと考え考え歩く間に、リリアンは城内の奥にある庭へと案内された。どうやら室外で会うことになるらしい。進行方向には、カンネール伯爵家の東屋の倍以上ある建物が見える。

緑と花に囲まれたその建物は、近づくにつれて水音を奏でる造りらしいと知る。どうやら水路が屋根に走っており、カーテンのごとく上から下へ垂直に流れているのだ。きっと精霊術による仕掛けだろう。そのお陰か、涼しい空気がこちらへ流れてくる。

カンネール家の屋敷のサンルームにも、此処とは違うが精霊術の仕掛けがある。真冬でもあそこだけは、温室のように暖かい。だからここも、もしかしたら凍らない東屋かもしれない。

その建物の中央で、左右に女官を控えさせた女性がひとり。

金の髪を美しく結い上げた彼女こそ、サスキア王太子妃殿下、その人だろう。

アリーシャ王女とは違う雰囲気をまとっている。ふわふわとした甘いものではなく、綺麗に生けられた花のよう。眩しいほど豪奢ではないが、凛とした立ち姿は一筋の光を思わせた。それは長らく続いた雨がやっとやんだ空に差す日の光のようでもあり、リリアンはどことなく安堵する。

「カンネール伯爵家のご令嬢でございます」

案内をしてくれた女官より紹介され、リリアンはドレスの裾を軽く広げ、膝を曲げ身を沈めた。カーテシーは筋力を要する。淑女の装いは、コルセットで締め上げ、ドレスをまとってひとセットだ。その重さも含め身体を支えるので、慣れなければ床へ倒れてしまうだろう。

「リリアンと申します」

「ようこそ、カンネール伯爵令嬢。顔を上げて」

サスキアの微笑みには悪意など何処にもない。

「この度は突然のことで驚いたでしょう。先の宴の件もあり、少し貴女とお話がしたかったのです」

　デミオンが言っていたとおり、サスキアは朗らかな方らしい。威圧的な女性ではなく、リリアンはほっとした。

「王太子妃殿下、お招きありがとうございます」

　そのまま、贈り物について触れる。

「こちらは、デミオン様より王太子妃殿下へお渡しするよう預かりました菓子です。どうぞ、ご査収ください」

「あら、何かしら？」

　すぐに通じるかと思っていたが、そうではないらしい。大丈夫かと思いつつも、ジルが持っていた箱を女官へと渡す。

「贈り物はどなたかが寵愛された菓子であると伺っております」

　そこで、サスキアの表情が変わる。思い当たる節があるのだろう、顔を大層綻ばせ、嬉しそうだ。そうして、和やかに茶会は始まった。

「デミオン卿、良く来た」

デミオンが王太子の側近に案内され、執務室に入ると、そう真っ先にジェメリオが声を掛けた。それにデミオン自身もそつなく返す。

「この度は、寛大なるお心遣いありがとうございます」

ジェメリオはその挨拶を片手で止めると、早速書類を渡す。

「申し訳ない、ダーズベリー子爵に関する書類が、随分と奥まった場所にあったようで、処理に時間が掛かってしまった」

「……俺の母の生家は特殊ですからね」

そこはデミオンも疑問に思う。母に関しては、己が持つべきものにてある程度知っているが、不思議なところもある。

例えば、この親族のいない子爵位だ。

「私も間違いがあってはならないと思い、一応調べさせたが、どうやらダーズベリー子爵家は流行の病により、当時十二歳だった其方の母君以外亡くなったらしい」

「そうでしたか」

それ以外でも、デミオンは疑問に思うことがある。その天涯孤独の身の上の子爵令嬢が、どうやって大貴族たるライニガー侯爵家の嫡男と婚約できたのか、とかだ。

「幼い時にアルカジアの門を潜ったため、俺自身母に関しては知らないことが多く。ジェメリオ殿下、感謝致します」

デミオンは渡された書類を確認し、そこへ自身の署名をする。慣れ親しんだライニガーから除籍され、今度はダーズベリーという一介の子爵家当主になる。それも、カンネール伯爵家に婿に入れば、あちらへ渡すつもりだ。

「何、其方には恩がある。……そのだな、サスキアとの仲を取りもってくれただろう」

「あれは俺が取りもたなくとも、いつかきっと殿下の想いは伝わっていましたよ」

そこで、ジェメリオが首を振る。

「いいや、サスキアのことだ。どうやっても気がつかずにいただろう。彼女が無類の本好きであることを、其方なら知っているはずだ」

「ですが、そこが妃殿下の素晴らしいところでもあります」

「ああ……。ところで、其方はカンネール伯爵令嬢とはどうなのだ？　契約結婚と言っていたが、其方を見る限り仲睦まじいようだったが」

「これは……どこから俺は見られていたのでしょうか」

「いや、其方がエスコートしていたのをな。正直、アリーシャと上手くいってくれたらと思っていたのだが……今の其方を見ると、あの破棄騒動は其方にとっては良かったのかもしれないと思ったのだ」

デミオンは確認と署名が終わった書類を、文官に渡す。それから関係する幾つかの書類にも目を通し、署名していく。

「……そうですね」

デミオン は小さく呟く。誰に聞かせるわけでもなく、さらに小さい声で付け加える。

「……彼女は、思っていたよりも善良で、真っ直ぐで」

そうして、多分。

（彼女自身が思うよりもずっと、しっかりした優しいひとだ）

さらさら流れる水の音を聞きながら、リリアンは出されたお茶をひとくち頂く。王家の人々が愛飲しているだけあり、美味しい。種類によるのだろう、甘く爽やかな香りが素晴らしい。

「カンネール伯爵令嬢、夏の宴では常識を欠いたことが起き、貴女も大層驚かれたと思うわ。そして、デミオン卿を受け入れてくれて感謝しています」

カップを戻したリリアンへ、サスキアがそう告げる。

「アリーシャ王女殿下はご自身に対してとても素直な方なの。だから……時々、思いがけないことが起こってしまうようね」

自分に素直とは、ものは言い様である。つまり思うがまま振る舞うし、それについていけないことがままあるというわけだ。周りはたまったものではないだろう。

「デミオン卿は息災かしら？」

「はい、当家で元気に過ごしています」

「デミオン卿にはお世話になったので、王女殿下とのことは大変残念に思っていたの。でも、きっと相性というものがあるのでしょうね」

政略結婚ならば、それらは全く考慮にいれないこともある。それを気にするなど、珍しい。

（そういえば、王太子殿下と妃殿下の馴れ初めは何だろう？　政略結婚かと思っていたんだけど、違うのかな）

昨年の婚姻式は、それは見事なものだったと聞く。お披露目も兼ねた、恒例のパレードでは和やかな微笑みを浮かべ、皆に手を振っていた。とてもお似合いで、憧れの夫婦である。

そう考えていると、女官がテーブルに何かを置く。甘い香りから、デミオン謹製のケーキではないかと見当を付ける。ぱっと見た限り、飾り気がなく、そのまま焼いただけの姿だ。匂いも焦げ目も大変美味しそうではあるが、華やかさに欠け、圧倒的に素っ気ない。まるで庶民のおやつのよう。

けれども、それが真実の姿ではないらしい。女官がケーキの載っている皿を、少し回す。

同時に、王太子妃殿下が目を見開いた。

　驚きの声がもれる。

「あ、あぁ……、やはり、やはりあのケーキなのだわ！」

　その表情の変化は大変分かりやすく、リリアンは驚く。王族とは常に表情を変えず、微笑みの仮面を被っている人たちだと思っていたのだ。

　──が、どうやら違うようだ。

「……き、奇跡だわ‼」

　リリアンの目の前で、サスキアは感動に打ち震えている。額に手を当て「尊い」といっているのは、聞き間違いか。「夢？　現実？」と、頬をつねるのも、あらゆる世界の共通仕草だというのか。動揺するリリアンを余所に、周囲の女官は全く表情を変えず、見守るばかり。

　その鉄仮面ぶり、見習いたいとリリアンは思ってしまう。

（で、デミオン様！　このケーキに何を仕込んだんですか‼）

　ただのお助けアイテムとして作ってくれたわけではなかったのか。厨房で楽しそうにお菓子作りをしていたので、リリアンも特に咎めはしなかった。むしろ今日のデザートに少し期待してしまったほどだ。これが胃袋を掴まれるということなのだろう。

　いやいや、そんな話は関係ない。

リリアンはしばし王太子妃殿下を観察する。とにかく相手の情緒が落ち着かなければ、会話にならない。そうして、流れる水音に身を任せ、ぼんやりとしているうちに、招待主の心が落ち着いてきたらしい。

「見苦しい姿を見せてしまったわね」

「ぜ、全然、全然大丈夫です」

思わず、首を全力でふって否定する。とはいえ、サスキア自身は気恥ずかしいのだろう。ふふと微笑みながら、僅かに視線を外す。

「……わたくし、昔から本が好きだったの」

脈絡もなく語られるのは、昔話だ。

「公爵家の娘だなんて、形ばかり。本当は、部屋に籠もってかび臭い古い本を読むのが好きだったのよ。我が家には精霊のまじない集なんていう面白いものもあって……夢中になっていたの。だけど本を読むばかりで、出歩かなかったからでしょうね。他家の方々には陰であれこれ言われていたわ」

それはいわゆる本の虫というものだろうか。そういえばと、リリアンは思い出す。

（子どもに本を沢山読ませるべきという名目で、孤児を保護する養育院に多くの本が寄付され施設の環境改善が行われたのって……実は王太子妃殿下のお陰では？）

ついでに幾つかの不正も見つかったと、当時噂になったものだ。ロナルドもそのことでしばらくの間、忙しかった。

いいや、それだけではない。

（もしや数年前から各地方の郷土料理本が持ち上げられて王都で流行ったのも……妃殿下のお陰かもしれない）

この国は、日常のちょっとしたことが精霊術で便利になっている。家の暖房や冷房、水の浄化や農地の回復。食品を保存する冷蔵室も精霊術によるものだ。だからこそ、誰もが精霊王を敬い、見えなくとも精霊はいると信じている。

そして、同時にエネルギーとしても精霊術は使えるのだ。お守りから船舶の補助動力まで、精霊の力が込められた精石は様々な用途がある。

その数多の恩恵のひとつが、本だ。本は手書きの写本時代、とんでもない高級品であったという。

今は精石を利用した印刷技術により同じものが複数作られるようになった。お陰で、王都にも貸本屋があちこちにある。皆、年会費を払い、目録を見て本を出して貰うといった方法だ。会費にはランクがあり、富裕層になると専用のリーディング・ルームで寛ぎながら読める。

その貸本屋で、昨今大流行したのが地方の料理本なのだ。本来貸本屋は地方の方が充実している。それは娯楽が少ない地方の方が読書熱が高いからだ。しかし、それを逆手にとって、地方から王都へ逆輸入したのが、かの料理本。どの貸本屋も大概は出版社が兼業しているので、本にまとめるのはお手の物だ。

　そして肝心の本の中身だが、王都の人間にとっては見るのも読むのも新鮮なものばかり。その影響で、新たな料理店が幾つか開店したとも聞く。

「あの……ここ数年、地方の料理に関する本を良く見かけるのですが、王太子妃殿下のおすすめはあるでしょうか？」

「まあ……カンネール伯爵令嬢も本がお好きなのかしら？　先代、今代と、読書家だなんて、とても素敵だわ。カンネール伯爵家には優れた蔵書があると聞いています、もしよければ本の交換会などどうでしょう」

（やばい、話がそれてしまってる……）

　しかし、サスキアの両目には、真剣な輝きがあるので、本気らしい。彼女はとても本好きな方だったようだ。

「そ、それは……父に相談してみないことには、わたしの一存ではお答えできません。申し訳ありません」

「そうだったわね。カンネール伯爵令嬢……、いえ、リリアン嬢とお名前を呼ぶことにしましょう。無理を言って悪かったわ。……わたくし、本当に本が好きで、父にも珍しい本を読みたいからお城へ連れて行ってとねだったほどなの」

つまり、相当な本好きらしい。

「ではその時に王太子殿下とお会いになったのでしょうか」

「……そう、らしいわ。でもわたくし、本を読んでいると気がつかないことが多くて、当時も殿下が側にいたことに気がつかなかったのよ。恥ずかしいことに」

そう言って、サスキアが頬を染める。恥じらう姿を見ると、最初の凛とした姿とはまた違った趣で、可愛いらしい。キリッとした人が照れる瞬間というのは、大概微笑ましいものだ。

（これで……殿下はイチコロだったのでは）

「そうして……何度かお声がけいただいたのだけど、わたくし本当に聞こえていなかったの。ある日、デミオン卿に手を引かれて殿下のところへ案内してもらうまで、少しも分からなかったのよ」

かくして、ふたりはやっと出会えたらしい。

（デミオン様がやたらと気に入られている理由が分かった！　だから、王太子殿下が買って出るわけだ）

今の愛妻との仲を取り持ってくれた恩人ならば、あの配慮も納得だろう。

「その……こちらのケーキは当時の思い出の品でしょうか？」

おずおずとリリアンが尋ねれば、微笑みのまま否定された。

「あら、勘違いさせてしまったわね。違うのよ、そうではないの」

では、どういったことだろう。

「わたくしが本を好ましく思うのはね、今はもう亡くなってしまった方々も、本の中では生き生きとしているからなの。想像もつかない世界がそこにはあるわ。例えば……城を建築した技術者の報告書や、名もなき女官の愚痴ばかりの手紙。高名な将軍の日記。だから、彼らの好きなものや楽しんだことを読んで想像したりするのが面白くて、……このケーキはその中のひとつなのよ」

サスキアが、ケーキの断面をじっくりと眺める。

「このケーキは、もう何代も前に、この王城に住んでいた幼い王女殿下の最愛のケーキ。そして、失われてしまったケーキでもあるの」

サスキアがずっと昔、城の書庫の片隅で見つけた幼い王女の日記に書かれていたものらしい。王家の者には手厚い精霊の加護があると伝わっている。だから王女は難産の末に無事に生まれたのだが、同時に体が弱く食も細かった。そのため城の料理人たちは、王女の食が進むよう苦労したそうだ。

その苦心の果てに生まれたのが、このケーキらしい。

「これは本当に特殊な作りなの。実は断面をよく見ると、三層になっていて、ひとくちで三種類の味と食感が楽しめるのよ」

幼い王女の口に合うよう、頑張ったのだろう。

「上からスポンジ、カスタード、フランとなっているのが分かるでしょう。ひとつのケーキの中に、複数のケーキが存在している。これは奇跡のケーキなのよ。わたくし、ずっとこのケーキを見てみたいと思っていたの」

けれども幼くしてアルカジアの門を潜った王女の後を追うように、このケーキを手がけた料理人も不慮の事故で門を潜ることとなったのだ。遺されたのは、レシピのメモ。しかも汚れており、所々が不明瞭だったため、今の今まで再現されず歴史の海の中に沈んでいたそうだ。

「わたくし、本当に感動しているの。これはね、奇跡のケーキなのよ！　ここには当時必死に王女の笑顔を願い、幸せを思い、優しさをたっぷり詰め込んだ……そう、起こるべくして起こった奇跡なの。そういう、とても素晴らしいものだから――デミオン卿に感謝しなくてはね」

リリアンは目の前のケーキを見る。

確かに三層になっていた。ふわふわのスポンジが一番上で、真ん中はとろりとしたカスタードクリーム。そしてプリンにも似た口当たりの良いなめらかさのフラン。それらが三位一体で鎮座していた。

きっとこのケーキを初めて目にした王女様はとんでもなく喜んだことだろう。見たことがない、宝物のようなケーキだ。彼女のためにと、色々な人の思いが詰まってできた、とびきり美味しいケーキ。

（デミオン様らしい、素敵なケーキだ）

リリアンは彼を優しい人だと思っている。

そして、人よりも出来ることが多い分、寂しい人でもあると感じる。デミオンはきっと何でも簡単に出来るからこそ、他者が苦労したり努力したりすることを大切に思っている。憧れているのだろう。そして、逆に自分の手ですることには、価値を感じていない。

（ああ……そうか。彼はひとりで出来てしまうから、誰とも繋がれないと思っているのかもしれない）

人と人が織りなす輪に、自分だけは入れないのだと感じているのかもしれない。

（お馬鹿さんだな、デミオン様は）

そんなことはないと、リリアンは思う。

サスキアがフォークを入れたので、リリアンもそれに続く。ふわっとしたスポンジにクリームがとても良く合う。しかもなめらかなフランは優しい味わいで、ふるふると口の中でとろけていく。

（こんなにこのケーキは優しくて、温かな思いに満ちているんだから、これが作れるデミオン様だって素敵なんだ！）

今、リリアンの口の中には昔の人の柔らかな心がたっぷり入っている。けれどもこれは、一度失われてしまったもの。埋もれて忘れられたもの。

（だけどデミオン様が類い希な才能で、こうしてまた誰かを笑顔にしてくれている）

この美味しさはきっと口にした人全てを、幸せにするだろう。そうして、その喜びが他の人への優しさに繋がるのではないだろうか。

「……とても、とても素敵なケーキね」

サスキアの言葉に、リリアンも頷く。

「素晴らしいケーキです」

（ほら、デミオン様はやっぱり素敵な婿殿だわ）

昔と今とを繋いでくれるその人が、仲間外れなんてことはない。彼だって誰かと繋がることは出来るのだ。

それを今、リリアンは心の底から味わった。


「本当に素晴らしい。このケーキを、わたくしだけ味わうのは勿体ないわ。……リリアン嬢、こちらのケーキを商品とする気はないかしら？」

「……ケーキの販売ですか？」

「ええ、そう」

それはどこかで売るということだろうか。

(あ、でも、これはデミオン様の手作りだから、彼の許可をもらわないと)

「大変光栄ですが、このケーキはデミオン様の手作りなのです。彼の了承(りょうしょう)を得なくてはいけません」

デミオンはどう思うだろう。願えば表面上は許してくれるだろう。しかし、本心をなかなか教えてくれないので、慎重(しんちょう)さが必要だ。

「……そう、デミオン卿が作ったのね。リリアン嬢、彼はとても多才でしょう?」

「はい。何でも出来てしまうようで、日々驚かされます」

「わたくしも彼には驚かされたことがあるから、想像がつくわ。彼はね、本当に才能豊かで不思議な人なのよ。我が家に来た教師が、デミオン卿にも指導していた方でね、随分と褒めていたわ。語学から歴史、剣術(けんじゅつ)、馬術と苦手なものが存在しないようだったと」

それはリリアンも思う。

同時に、きっと毎日大変だったのではとも感じた。期待は時に重しとなってしまうからだ。

「王家として、いいえ、わたくし個人としても恩があるにもかかわらず、何も出来ないままでいたわ。だから……彼には幸せになって欲しいのよ。それに……先王陛下がおっしゃるには、デミオン卿は約束された方なのよ」

「約束された方?」

「きっと、王女殿下との婚約の件で先代の侯爵と何かあったのでしょう。本来は彼こそがライニガー侯爵を継ぐはずだったのですから。前侯爵は孫である彼を、とても自慢していたそうよ。我が家門の誉れで、栄光であると。わたくしの祖父がそう何度も聞かされたと、話していたの」

「王太子妃殿下は、デミオン様のご生母である、前ライニガー侯爵夫人をご存じですか?」

微かに、彼女は首を振る。

「いいえ。わたくしがデミオン卿と出会った頃には、もうアルカジアの門を潜られたと聞いていたので。そうね……現侯爵夫人は随分あれこれと嫡男であるデミオン卿に命じていたと……とても多くのことをさせていたようね」

その話から察するに、デミオンの母親は随分と前に亡くなったのだろう。彼の子どもの頃か。そして、今の継母がやって来て、彼にあれこれ命じ始めたのだ。

(デミオン様、きっと凄くこき使われたのでは?)

刺繍の時も際限なく要求されたと口にしていた。それは、相当言われ続けたからではないか。やらなければ詰られ、やれば追加される。そんな酷い環境をリリアンは思い浮かべてしまう。

ならば、もっと彼の素晴らしさを感じてもらいたい。デミオン自身が、自分の価値を肯定できるようになって欲しい。

（王太子妃殿下の言葉は、チャンスかも！）

彼が自分をもっと受け入れる機会になるはずだ。

リリアンはきりりと、真正面の王太子妃殿下を見つめた。そうして、口を開く。

「王太子妃殿下、先ほどのケーキの件、謹んでお受け致します」

城からの帰り、馬車の中でリリアンは早速デミオンにお礼を言う。席はやはり行きと同じ、隣同士だ。

「デミオン様、素敵なケーキをありがとうございます‼　デミオン様の仰る通り、王太子妃殿下も怖い方ではありませんでした」

「出かける時はとても緊張していましたが、今はもう大丈夫なのですね」

「はい！　これも全てデミオン様のお陰です」

喜びすぎてリリアンは思わずバンザイをする。

「デミオン様は、あのケーキの逸話をご存じで、用意されたのですよね。王太子妃殿下が感動していらっしゃいました。わたしも同じくらいほっこりしました。あんなに素敵なケーキは生まれて初めてです!!」

「お役に立てて良かったです」

「王太子妃殿下が、失われたケーキを探しているのを、デミオン様は知っていたのですか？」

「ええ。あの方が王城の書庫で古い日記を見つけ、ジェメリオ殿下に伝えた時、俺も一緒にいましたので。それ以来ずっと気になっているのだろうと、感じてました」

「レシピのメモ書きも、ですか？」

「そうです。後になってから、偶然殿下に相談されたことがありました。だから、内容は覚えていましたし、侯爵家であれこれするようになって知ることもありましたから」

あれこれとは、何だろう？　リリアンは不思議に思い、デミオンに問う。

「その……デミオン様、あれこれとは何でしょうか？」

「リリアン嬢は……きっと厨房に立ったことはないでしょうね」

「ええ、わたしは経験がありません」

前世ではキッチンに立つこともあったが、今世では貴族のお嬢様だ。自炊とは無縁の生活なので、とても己が包丁を握れるとは思えない。怪我をするのが関の山だろう。

「食べ物を調理する際、それぞれ法則のようなものがあるんです。料理人は経験で知っているのだと、俺は思っています。例えば、熱を加えると固まるもの、肉がそうですね。他に、氷のように溶けるものもあります。食材と言っても、変化はそれぞれ異なります」

リリアンはデミオンの説明に、ふむふむと頷く。これはきっと食材の化学反応のことなのだろう。リリアン自身も詳しくは知らないけれども、前世の記憶によれば卵の黄身と白身は凝固の温度が違うという。だから半熟の卵ができるし、反対に白身のとろとろした温泉卵もできるのだ。

それらは多分、料理やお菓子作りへ密接に関わってくるのだろう。

「それらを覚えておくと、少しばかり穴があるレシピでも何とかなります」

はて、そんなに簡単なものだろうかと、リリアンは内心疑問に思う。それほど簡単ならば、件のケーキとてとっくに誰かの手で完成されていたはずだ。少なくとも、リリアンの前世の記憶程度では、手も足も出ない。

「覚えるのは大変ではありませんか？」

「そうでもないです。リリアン嬢……世にどれだけ料理をする人がいると思いますか？　俺たち貴族に仕える人間もいれば、屋台のように金銭と交換する店もある。庶民は自分の食べるものを自分で作ります。味の差は大なり小なりあるでしょうが、みんなが出来ることです」

リリアンはデミオンを見る。

こういう時のデミオンは素敵だと感じる。饒舌に語る彼は、楽しんでいるのだと分かる。声も弾んでいる。

「料理の書物はありますが、種類は少なくどれも学術的な面が強い。健康や宗教的な面もあり、庶民には少し遠い。そうですね……ここ数年出回ってきた、地方の郷土料理の本なんかは好ましいです。あの本のように、もっと身近な、簡単な本で良いと思うんですよ。誰かの美味しいものが、皆と共有して楽しめる……料理が気軽なものとなる……そんな日がいつか来てくれないかと、俺は思っています」

それは素敵な夢だろう。リリアンも知っている。美味しい料理や温かい料理は、人の心をも温めてくれる最高の暖炉となると。

「デミオン様も同じことをなさったではありませんか？　作れなくなってしまったケーキが、今日再び日の目を見ました」

失われた喜びが、もう一度息を吹き返したのだ。あのケーキを作るのに、当時どれだけ時間を費やしただろうか。リリアンには想像もつかない。けれどもけして簡単だとは思えない。

それでも諦めずに作ったのは、喜んで欲しい相手がいたからだ。その思いを、デミオンは掬い上げた。だからサスキアもリリアンも、そこへ込められた心に触れることができた。

「わたしは本当に素敵だと思ったんです。歴史は詳しくありませんが、でももしかすると、あのケーキと同じく失われた思いが、この世にはあるんじゃないかと思います」

リリアンはデミオンを見つめる。その深海の色の瞳を見た。何も映さないのか、あるいは見えすぎてしまうのか。どちらとも分からぬ深海魚のような眼差しを受け止める。

「わたしはデミオン様のその手が、その特別さが、埋もれてしまった誰かの心を過去から今へと繋げられるんじゃないかと思っています。いいえ、そう信じています」

リリアンの手が伸びる。隣の彼の手をとり、握る。その体温や形を感じられるように強く握った。ここから、気持ちがにじみ出せば良いのにと、願ってしまう。

「……そうですね。俺は何でも出来るので」

全てが出来るから、大切にされて、同時に嫌悪される。彼は彼でしかないのに、たったひとつの結果が全く違う評価を招いてしまう。

そうして、誰とも違うのだと彼に囁いてきたのだろう。誰とも同じではないと語ってきたはずだ。

(だけど……それは悪いことなんかじゃないはずだ)

ぎゅっと、握った手に力がこもる。

「でも、でもデミオン様はわたしのお婿さんになる方です。隣にわたしがいます、今だってこうやって手を繋いでいられます！」

「明日には離れているかもしれませんよ」

「じゃあ、明日も明後日も、手を繋ぎましょう。大丈夫です、これを繰り返せば年がら年中繋がっていることになります！」

それを一年、二年、三年と重ねていけば、リリアンとデミオンはずっと離れない。

「そうですね……リリアン嬢と俺には契約がある。貴女は俺に居場所を用意してくれ、俺は貴女の婚約者として、隣にいなくては……」

リリアンの掌に、デミオンのもう片方の手が重ねられる。その手は大きく、リリアンの手をすっぽり包みこむ。

「リリアン嬢、お話は他にもあるのではありませんか？　王太子妃殿下の頼み事はなんです？」

つっと、軽く手を引かれ彼に囁かれる。いや、デミオンの唇が耳朶に触れる距離で尋ねられたのだ。跳ねるのは誰の心臓だろう。

「……ね、俺に早く教えてください」

隣に座ったのは、軽率だっただろうか。

でもリリアンは言い聞かせる。これは契約で、約束で、自分は間違えないのだと。愛し愛される関係よりも、信じ信じられる関係のほうがずっと尊い。だから自分は迂闊な気持ちは持たないようにするのだ。

「で、デミオン様のケーキを、サスキア王太子妃殿下が販売したいと……」

知ってか知らずか、デミオンはその願いを笑顔で了承してくれるのだった。

第五章　甘い陰謀

デミオンのケーキの話は、あれよあれよとまとまっていき、カンネール伯爵家にはチルコット公爵家の紋章付きの馬車が出入りするようになった。

王太子妃殿下へケーキの販売に関してデミオンの了承を得た報告をした翌日には、妃殿下の弟君がやってくる旨が書かれた手紙が届いたのだ。その内容は、公爵家が懇意にしている商会で販売しないかということと、国内の専門店のみで行われる菓子の品評会への参加のお誘いだ。

しかもデミオンがケーキのレシピを売り込む相手は、なんとウェールという有名店だという。これは王都の者は誰でも知っている高級カフェで、一見さんはお断り。紹介がなければ扉を潜ることも出来ないという老舗だ。身分は問わないが、客層には貴族もさることながら、爵位を持たない商家の者に音楽家や芸術家の方もいるらしい。つまり、貴族にとっても敷居が高めの店なのだ。

そんな訳でリリアンの家は大騒ぎとなった。何しろ相手方は国内に四家しかない、公爵家だ。ロナルドもイーディスも遠い目をしていた。いや、イーディスは早々に腹をくったが、ロナルドは最後までグズっていた気がする。城勤めの父でも、偉い人に会うのは苦手らしい。

そのカンネール伯爵家で一番頼りになったのは、話の中心のデミオン本人だった。結局、腐っても鯛で元侯爵家嫡男の肩書きは伊達ではないのだ。所作にしても、話題にしても、彼は相手が公爵家の人間であってもおじけづかない。堂々とやってのける。リリアンはといえば、隣で愛想笑いを浮かべるくらいだ。それとて、話が政治的なものに変われば、もう何が何だか分からない。大陸との貿易の影響が云々と話す殿方を前に、やはり微笑むことしか出来ない。

（……デミオン様は、本当に我が家で良いのかな？）

ふと思うのは、そういう時だ。

リリアンの家の婿になれば、ただの伯爵家の一員。彼個人がどんなに素晴らしくても、爵位という足かせが出来てしまう。本来の侯爵位か、デミオンの能力ならば公爵としてもやっていけるだろう。

（王女と婚約が結ばれるわけだよ……）

家族と婚約者がその能力を低く見積もっていたかもしれないが、先王陛下も前侯爵もしっかり分かっていたのだ。

（……わたしとの婚約も婚姻もただの契約だから）

なかったことにできる。他に良い人が見つかれば、そちらを選べる。別にリリアンとデミオンは恋人同士ではないのだから、円満に関係を解消しようと思えば出来てしまうのだ。

（だけど、わたしは……わたしの婿殿には、出来たら彼がいい）

それはリリアンの我が儘でしかなく、彼にはメリットが見つからない。もしデミオンが有名になり、その能力で引く手数多になったのならば、リリアンに出来ることはひとつ。

（……彼を欲しがる人が出てきたら、その人がきちんとした人なら……身分もお金もあって、素敵な人だったら……）

手を離すべきなのかもしれない。

かくして、月日はあっという間に過ぎて、季節も秋が顔を出す頃になった。袖は長いものになり、足を覆うのはブーツである。見上げる木々も色づき始めた。

来るこの日は、例の品評会だ。国内の有名店が一堂に会し、各店の新作を披露するという。その話を聞かされていたリリアンは緊張でガチガチだ。今日参加するのはデミオンだが、その彼はウェールの代表として例のケーキを作る。しかもイベントを行うのが、チルコット公爵家の別邸なのだ。

なるほどと、納得している場合ではない。どうも公爵家はこの品評会のパトロンをしており、これぞという菓子を見つけた時はこの会に参加するようスカウトしているらしい。

「流石、公爵家。別邸なのに、入り口のファサードだけでもう我が家より豪華です」

「そんなに緊張しなくとも大丈夫ですよ」

いやいや、流石にそういうわけにもいかないだろうと、リリアンは考える。気を楽にしていられるのは、デミオンだからこそだ。

本日は王太子妃殿下推薦の奇跡のケーキのお目見え日兼品評会だ。ここに参加しているのは、国内有数の菓子を扱う店ばかり。しかも審査員となる人は、選りすぐりの相手だ。大抵が美食家で有名な貴族や商人、もしくは引退した菓子職人。中には王都劇場の有名な脚本家や演出家、音楽家などもいるようだ。

デミオンはこの日のために定期的にお店に通っていた。作り方を教えるのは勿論だが、厨房の様子や道具や設備のチェックと調整のためらしい。デミオン曰く、オーブンには焼き癖があるそうなので、それを把握しないとケーキの出来映えに差ができてしまうそうだ。材料も我が家の食材と違う。例えば卵ひとつとってもそう。カンネール家の卵は普通の鶏だが、ウェールで扱う卵は、朝鳥の卵。その名の通り朝に鳴く鳥で、鶏の卵より味が濃厚でちょと大きめだ。しかも朝鳥の卵は高級卵の代名詞で、王族御用達の卵でもある。

（お砂糖も我が家と違うって聞くし）

普通の砂糖よりも細かく、製菓用の粉砂糖の中でも最高ランクの星粉砂糖を使うらしい。

きめ細かく、しゅわっとした星のように儚い甘さがくどくないと聞く。小麦粉も品種によって、焼き上がりの膨らみや色が変わってくるらしい。

デミオンが嬉々として語る話は、リリアンにとっても楽しい。彼が嬉しそうに過ごしているからだ。深海の色の神秘的な瞳が、底の見えない昏さではなく、底から見上げる海面のようにきらきらしているからだろう。

「……で、ウェールのお店のほうでは、一緒に霧葡萄のタルトも出すのですが……」

そこで、彼の話が途切れる。

「どうしました、デミオン様」

「いえ、お菓子の話ばかりで飽きてしまったかなと」

「まさか！　わたしお菓子は大好きです‼　甘いのは勿論、しょっぱめのも好きですし、ちょっと酸っぱい系も平気です‼」

「しょっぱいものと酸っぱいものも、お好きなんですね。では今度リリアン嬢が好むようなお菓子を考えてみます。果物には酸味の強いものもありますから、ジャムとか良いかもしれませんね」

「楽しみにお待ちしております！」

気分は餌付けされたひな鳥である。しかし、それもこれもデミオンがカンネール家で時々デザートを作るから、仕方ない話。カフェ用のデザート作りで疲れたら、気分転換に違うデザートを作るのが良いらしい。とても素人には理解できない息抜き方法である。とはいえ、出されたものを突き返すなど、リリアンには出来ない相談だ。

「その髪飾りも、付けてくれたんですね」

そう言って、デミオンがリリアンの髪に触れる。そこには見事なビーズ刺繍が施されたマジェステタイプの髪飾りがある。何を隠そう、デミオン謹製の髪飾りである。

「リリアン嬢の髪はまっすぐで美しいですから、こういった髪飾りが似合うと思ったんです」

「あの……本当にこちらは、ハンカチのお礼なのでしょうか？」

「リリアン嬢が俺のために苦心して刺繍してくれたのですから、これでも足りないほどです」

「そ、そんなことありません！　むしろこちらの方が国宝、もとい家宝のように大切にするべき品です！」

事実、この髪飾りはそんじょそこらでは手に入らない見事さなのだ。シルクのリボンには菫の花を刺繍してくれている。その周囲をビーズで美しく彩っているのだが、まず菫が素晴らしい。花びらの濃淡が美しく、可憐に咲く姿にリリアンはときめいてしまう。

挿す櫛の方にも落ち着いた金糸でタッセルが作ってあり、リリアンが動く度に揺れ、暗い印象の髪を華やかにしてくれる。流行のふわふわヘアだと埋もれて反対に目立たなくなるので、まさしくリリアンの髪質に良く合う品なのだ。

（しかし、わたしの素人レベルのハンカチで、こんな凄い髪飾りが返ってきてしまうなんて……罪悪感で胸がいっぱいになってしまう）

「家宝だなんて、大袈裟ですよ。ですが、リリアン嬢の宝物にしてもらえるならば、とても光栄で俺は嬉しいです」

笑顔のデミオンを見て、叶うならばこのままが良いと思ってしまう。自分には過ぎた相手だと知っているのに、そう願う心を止められない。

「……どうしましたか、リリアン嬢？」

「いいえ、なんでもありません。本日のケーキのお披露目、上手くいくと良いですね」

デミオンに案内されて、リリアンは参加者に用意されていた個室に入る。品評会の時刻になればデミオンが迎えに来るので、こちらで待っていて欲しいと言われたのだ。

デミオンは多分、厨房に向かったのだろう。基本の焼きはウェールで行ったが、仕上げはこちらで行うらしい。王太子妃殿下に贈ったものとは違う、見目もこだわった品にするのだと聞いている。

何よりも今日のために彼はずっと頑張ってきた。一ヶ月、店に通い続けた成果が、今日発表されるのだ。

（お店での販売が始まったら、もっと忙しくなるのかな？）

デミオンはレシピを考え、それを提供する契約を交わしたらしい。つまり彼が毎日店で作るわけではないが、それでも店側がレシピ通りに作れるよう指導する必要がある。リリアンは素人なのでよく分からないが、ケーキによっては独自のコツがあったりするそうだ。デミオンのオリジナルなのだろう。

控え室で、リリアンは用意されているお茶に口を付ける。ふんわり香るのはハーブだろうか？　ひとくち含めば、僅かな甘さが口内に広がっていく。砂糖を入れていないのに不思議だ。

（珍しい味、あ、でも……前世の甜茶とかこんな感じかな？）

リリアンは一緒に置かれていた焼き菓子に手を伸ばす。ウェールは焼き菓子も有名で、頂き物にこれを貰えると羨ましがられるのだ。店名の焼き印があるので、きっとウェールのものだろう。

バターたっぷりのマドレーヌには、ラム酒漬けのレーズンが入っているらしい。美味しくてあっという間にひとつをぺろりと食べてしまう。もうひとつに手を伸ばせば、こちらはブランデー漬けのクルミが入っていた。そんなこんなで、焼き菓子を四つも、リリアンは食べてしまう。

一緒に置いてある、蜜栗芋という甘い芋のかりんとう風味も食べてしまう。皮付きのまま厚切りした芋をからりと揚げ、さらに蜜と刻んだナッツを絡めたものだ。秋の味覚そのもので、大変美味だろう。惜しむべきは、基本ナイフとフォークで食事をする貴族には、受けが悪そうなところ。

庶民向けの屋台で売るならば、絶大な人気となるはずだ。

しかし、ここでリリアンはあることに気がつく。そう、コルセットで締めた腹部がぱんぱんになってしまったことだ。

（……流石に、これは食べすぎ……）

保温機能のあるポットに入っているお茶を一杯飲み、リリアンはしばらく消化を待つのだった。

（……とはいえ、ポットに入っている分を、全部飲みきってしまうのは……飲みすぎたのかも）

一時間ほど経ち、手持ち無沙汰でついつい飲んでは注ぎを繰り返していたら、こちらも飲み干してしまったのだ。そうすれば、人として原始的な欲求が発生する。

お花摘みに部屋を出て、すませた後はあちこち見ながら部屋を目指す。多分、こちらから来たはずだと思いつつ、どこの通路も同じような感じに見える。白い壁に緑色の絨毯が敷かれた廊下。どんどん奥に行っているように思えるのは気のせいか。

（あれ、こっち……だったよね？）

似通った雰囲気で、リリアンは少々不安になってしまう。こういう時、タイミング良く使用人が通りがかってくれるととてもありがたい。だが、なかなかそんな幸運には巡り会えないらしい。

そんな風に希望を抱きながら歩いていると、先の方で声が聞こえたような気がする。これこそ光明とばかりに、リリアンは前進あるのみだ。さらに真っ直ぐ進み、見覚えのない扉を目にする。

しかも、扉が少し開いている。誰か中にいるのだろうか。

（よし、ここにいる人に案内してもらおう）

ていっ！　と、リリアンはドアを開く。

「すみませんが、あの」

――ガッシャンッ!!

開いた瞬間、酷い音がする。

（あ、これ……ダメな感じ）

そこには三名の男性がいた。

そのすぐ足元には、今ので落としてしまった何かが散乱している。何かとんでもない置物でも壊してしまったのだろうか。青ざめるリリアンと同じく、こちらを振り返った二名も無言で、息を呑む音だけが響く。

どうもここは物置らしい。

　そこで彼らが手にしていたのは、何かの袋だ。それも今は床の上。散らばった破片はガラス細工かもしれない。同時に、ブロンズ色のものもある。いや、カラフルな破片も。ふと、リリアンの鼻先を、砂糖を煮詰めたような香りが掠めていく。

　その瞬間、リリアンは嫌な予感がした。今日は品評会で、ここには有名店のお菓子がそろい踏み。そして、今リリアンの鼻はお菓子にも似た香りを捉えた。

（え？　……まさか、品評会の妨害とかそういうの？）

　ライバル店の嫌がらせ、なんていう単語が頭に浮かぶ。もしそうならば、人を呼ばないといけない。こんな不正は許されない。

　リリアンが誰かを、と思った瞬間だ。

　最後のひとりが振り向き、叫ぶ。

「お、お前は……リリアン！」

　その声は、聞き覚えのあるもの。どころか、顔まで見知った相手だ。

「あ、アラン……」

　何故アランがこんな所にいるのか。そう思った瞬間だ。ひとりの男にリリアンはみぞおちを殴られる。痛いと思うと同時に、意識が暗転したのだった。

「アランさまぁって、暴力を振るう人なんですね。そういう人って、マリア怖くてー……」

そういって、アランがプロポーズした相手が手を弾く。伸ばしたアランの手を避けたのだ。

「……マリアのおうちは商会をしてるから、そういう人って、困っちゃうのぉ……。ホント、アラン様にはがっかりだわ。……アンタの代わりなんて、いくらでもいるって知らないの？」

実家で閉じ込められたところを、何とか抜け出してやっと会えた恋人は、そう告げてアランを見捨てた。いいや、マリアの冷めた目が真実を語る。アランを、彼を、愛していないということを突きつけていた。

あの日。カンネール伯爵家で、アランがはめられた日、アランの実家のポール家は彼を部屋に閉じ込めた。当主である父親には散々詰られ、跡継ぎである兄にも文句を言われた。極めつけは、三男で末っ子の弟に言われた「我が家のお荷物」という言葉だ。

アランは伯爵家の次男で、真ん中で、いつだってどうでもいい存在だった。それでも母親似で顔立ちは整っているし、次男とはいえ伯爵家の令息だ。子爵や男爵に比べれば随分とマシだと思っていた。だから大抵のことは、何とかなると思っていたし、自分はそこらの奴らよりは上手いこと出来ると信じていた。

　それを証明してくれたのが、リリアンとの婚約だった。

　リリアンとアランが出会ったのは、昨年のデビューの時だ。真っ白なドレスを着た、デビューしたばかりの令嬢のひとりが彼女だった。数多くの中のひとり。いいや、婿入りする有望株のうちのひとつ。それが、彼女だった。

　そうなのだ。アランを含め、貴族の家の次男や三男といった将来の居場所を探している人間は、何処の家の誰かなんてことはとっくに調べているものだ。

　それこそ、婚約者がいない奴らにとって、その手の情報は旨い酒と同じくらいの価値がある。勿論、アランも出会う前からリリアンを知っていた。

　父親は城勤め、母親は北部の領主の娘。とりわけ有名ではないが、だからといって悪い話も聞かないごく平凡な伯爵家だ。その娘も同じ。特別美人とは聞かないが、特別不器量とも聞かない、あたりさわりのないご令嬢といったところ。

　だから夜会で上手く彼女を見つけた時、ラッキーだと思ったのだ。リリアンは思ったよりも男性に慣れておらず、両親に大切に育てられた箱入り娘だとすぐに分かった。慣れない場で緊張していただろう彼女に、あれこれ気を遣ってやれば、頬を染めながら「ありがとうございます」と返ってきた。

そうしてアランはお行儀良く彼女と過ごし、三ヶ月後には「好きだ」と告げて、予想通り婚約者の座におさまった。これでアランの将来は安泰だった。同じ家格の伯爵家なので、生活が悪くなることはない。今と全く変わらない食事が出来て、旨い酒が飲め、それなりの服を着ることが出来る。

同じように婿入り先を探している仲間からも羨ましがられ、「流石アラン！」なんて、はやし立てられて随分と良い気分になったものだ。それがどんどん萎えてきたのはいつからなのだろう。アランは上手く思い出せない。そして年末へ向けて街が華やかになっていくにしたがって、他の仲間も婿入り先を見つけてくるようになった。

当たり前だ。来年になってしまえば、今度は自分たちより若い奴らがやって来てしまう。そうすれば争う相手が増えるだけ。座り心地の良い椅子はいつだって数が限られており、早い者勝ちなのだ。そうなってくると、アランは自分に対する風向きが変わってきたように思えたのだ。

今までは最速で婿入り先を決めて羨望の眼差しを向けられていたというのに、まるで一番に決めた愚か者のように感じ始めたのだ。

それぞれが己の婚約者を褒める度に、アランは思う。えくぼが可愛いと聞けば、リリアンはそうでもなかったと。体つきが豊満で良いと聞けば、やはりリリアンはそうではなかったと。触れれば柔らかく良い匂いがすると聞けば、リリアンはどうだったかと不安になっていく。

最初、彼女を見つけた時は、自分の運の良さを噛みしめたはずだった。リリアンが思った以上に初で、簡単に手に入った時もアランは最高に気分が良かった。誰よりも早く、一抜けできたのだから。

（……だけど、何処で僕は間違えた？）

年が明け、季節が変わり両親からもリリアンからも婚姻の話をそれとなく問われるようになると、アランは逃げたくなった。不安と焦りが、胸の中で知らぬ間に募っていく。

いつだって、自分の中の自分が問うのだ。そうして踏ん切りを付けられない。これが最良だったのか？　本来ならば、もっと上が狙えたのではないか。

リリアンは相変わらず分かりやすい相手だった。そうして、アランが求婚の言葉と共に装飾品を贈るのを待ちわびていた。だからこそ、何てつまらない女だろうと、思ってしまったのだ。彼女よりも条件の良い、魅力的な相手がいたんじゃないかと、魔が差した。考えたのだ。

（クソッ！　散々かわい子ぶって、マリアの奴……あんなこと言ってくる女だったなんて……騙された！）

マリア・スコット男爵令嬢は、アランの仲間内でも最高の結婚相手だと噂されていた。

スコット男爵家は商売が上手くいっており、それはもう凄い金持ちだと聞く。その上とびきり可愛いとなれば、誰だって夢中になる。お願いと囁かれれば、どんな男でも鼻を伸ばして頷くことしか出来ない。今期最高の相手だということで、まだ独り身の奴らは目の色を変えて彼女に狙いを定めていた。

そんな時だ。アランは言われたのだ。友人のほんの軽い冗談のつもりなのだろうが、それが彼の胸を突き刺した。

「お前が売却済みで助かったよ、ほらお前……顔は良いし、伯爵家の次男だからな……正直、さっさとまとまってくれてありがたかった」

だから、アランはマリアに近づいた。

リリアンには忙しいと言っておけば、それ以上詮索しない女だ。素直に待っているだろう。事実、アランの予想は当たり、リリアンは数ヶ月放っておいても大丈夫だった。そうしてマリアに声を掛け、恋というものを存分に楽しんだ。

リリアンの時とは違い、マリアには取り巻きの男連中がいた。どいつもこいつも、考えることは皆同じ。勝ち組の椅子に座りたい奴ばっかりだ。それでも、伯爵家というアランの家柄と顔の良さは、いい働きをしてくれた。他人を出し抜き、甘い果実を手に入れる高揚感は、リリアンの時には感じられなかったものだ。

陰で隠れて行う口づけも、他人を待ちぼうけにしてするデートも、みんな楽しかった。

しかもマリアは、リリアンよりもずっとアランを立て、いつだってアランのことを素敵だと褒めてくれる。

　マリアと過ごせば過ごすほど、リリアンがどれほどつまらない女か思い知らされた。

　そうして、リリアンのために用意していたネックレスを、求婚の言葉を添えて、マリアに贈ったのだ。同時に、お前には過ぎた相手だったんだとリリアンに教えてやるために、呼びつけて見せびらかした。

（だけど、リリアンの奴……僕以外の相手を見つけるなんて……しかも、すぐに乗り換えるだなんて……！）

　つまらない相手の顔を見るつもりで、屋敷の中をぶらつけば当人に出くわし、これ幸いと思ったのもつかの間。王女のおこぼれを手に入れたことをからかってやれば、今度はそのご本人様が現れた。

　そうして、アランはふたりにハメられて謹慎処分だ。しかも悪いことは重なるもので、そのせいでマリアがすっかり本性をあらわにした。

　金持ち女らしい傲慢さで、アランを見下してくる。今更捨てようというのだ。けれどももう、アランには道はない。また相手を探したところで、マリア以上の令嬢も、リリアン程度の令嬢も、見つかりはしないだろう。もめ事を起こした伯爵家の次男というレッテルが、ずっとついてまわる。それどころか、部屋に籠もっているふりをして何度も屋敷を空けているので、そろそろヤバいだろうか。父親の我慢も限界かもしれない。

ならばやはりこのままマリアにへこへこ頭を下げて、ひたすら媚びるしかない。婿の座は無理でも、何とか愛人にでもしてもらい、彼女のお情けで暮らすしかなかった。一度は夢見た贅沢暮らしも、きっと無理だろう。こき使われるのは目に見えている。それでも捨てられるわけにはいかないのだ。

（……何で僕がこんなことに）

そのためにも、ここで一発良いところを見せて、己の価値を上げるのだ。座るならば粗末な敷物よりも上等のソファがいい。

（今度こそ上手いことやってやる！）

そうして、流石アラン！　と、また称賛を浴びるのだ。

（お腹の辺りが痛い……）

リリアンは身体の痛みで目を覚ました。まだズキズキするのは腹部だ。殴られてあざになっているかもしれない。痛みを我慢しながら身を起こせば、見知らぬ場所に自分が転がされているのが分かった。あまり人が来ないか、うち捨てられた場所なのだろう。何かの建物だが、床にほこりが溜まっている。リリアンのドレスもそれですっかり汚れてしまった。

きっと髪の毛もほこりまみれだろう。手を伸ばして確認すれば、予想よりももっと酷かった。

（……髪飾りが落ちちゃってる）

デミオンから贈られた、手作りの品がない。きっとさらわれた時、落としてしまったのだろう。ついでにクシュンとくしゃみを何度もしてしまう。ほこりっぽい所にいるからだろう。

とはいえ、縛られていないことに感謝しなければ。きっと貴族の令嬢ということで、無力だと思われたのだろう。

（まあ……実際、そうなんだけど）

小さな鞄は控え室に置いてあるので、財布も持ってきていない。そもそも、ここがどこなのかよく分からない。見渡した限りでは、人のいなくなった建物だろう。規模までは分からないが、資産家の屋敷かもしれない。リリアンが閉じ込められているのは、その客室らしき部屋か。家具などにほこりよけの白い布が掛けられているあたり、それっぽい。とにかく逃げなければと、ドアに近づいた時だった。

廊下から足音が響く。

リリアンは急いで倒れたふりをする。またほこりっぽい床に寝そべるのは勇気がいるが、我慢だ。そうして彼女がまた横たわったと同時に、ドアが開けられた。入ってきたのは男性か。いきなり舌打ちしてきた。

「クソッ……」

（これ……アランの声では？）

聞き覚えのある声。随分とイライラしているようだ。

「何であの場にいるんだよ。これでまたマリアに文句を言われたら……クソッ！」

しかも、何かを蹴ったらしい。ガタンと大きな音がして、何かが倒れる音がする。リリアンは恐る恐る、薄目を開けて確認しようとする。案の定、ほこりよけの布ごと小テーブルが倒れていた。

（……アラン、こんなに足癖悪かったっけ？）

リリアンの知るアランは、お行儀の良い令息だった。少なくとも、リリアンの婚約者だった時はそうだったのだ。けれども、今はもう違う。だから、暴力的な場面を見たのだろうか。

「……でも、とにかくこいつを閉じ込めておかないとな。それがマリアの命令なんだ……」

アランは大きく溜息をつく。どうやら彼らには上下関係があるらしい。とても恋人の我が儘に付き合っているとは思えない。

（……アランどこかに行かないかな。そうしたら、逃げよう。……デミオン様も心配してるはず）

控え室からリリアンが荷物を置いたまま、いなくなったのだ。ケーキのお披露目と品評会、二重に大事な日だというのに、何てことだろう。彼は今回のケーキのことで、挨拶もしなければならない。今日の品評会は国内の名店が揃う、専門的なもの。その道のプロの中からトップを選ぶのだから、参加者も審査員も凄い人ばかりなのだろう。それはきっと彼の人脈にもなるはずだ。今後の社交に大きく関わってくるだろう。

（品評会の会場は無理でも、おうちに帰らないと……）

しょんぼりするリリアンだったが、思いがけないことを聞いてしまう。

「でも、これで品評会が上手くいかなくなるよう邪魔出来たし……良かったか」

（え？　……どういうこと？）

「ったく、マリアの奴もふざけてるよ……僕じゃなくて、他の男が良いって言い出すし。はあ……王女に振られた男が良いだなんて、センス悪いな」

何だそれとばかりに、リリアンは立ち上がってしまう。アランに食ってかかる。

「どういうことよ、アランッ‼」

「……え？」

互いの目が合いしばしの沈黙を経てから、己の失敗をリリアンは自覚するのだった。

「……リリアン嬢、お待たせ……しました」

控え室に案内していたリリアンを迎えに、デミオンが扉を開ければ、そこはもぬけの殻。誰もいない。いいや、彼女の荷物が残されているので、一時的に席を外しているのかもしれない。

デミオンは保温機能のあるポットに触れる。蓋はまだ温かく、試しに持ち上げてみれば中身はない。つまり飲み干してからさほど時間が経っていないということだ。器に盛られていたマドレーヌも四つなくなっており、リリアンが食べたのだろうと思われる。一緒に置いていた蜜栗芋の蜜掛けもないので、こちらも同様か。

座席には、彼女の体温がほんのり残っている。

（……妙だな）

状況から考えられるのは、彼女がここを出てから、あまり時間が経過していないということだろう。ならば建物内で迷子になっているのだろうか。だとすれば、誰かの目にとまり、いずれデミオンの所に話が届くだろう。

しかし、不安がこみ上げる。今日の品評会だが、すでにおかしなことが起きている。作品の一部が盗難被害に遭っているのだ。それと彼女が繋がっている気がするのは、考えすぎか。

（何かに巻き込まれた……いや、それとも）

まずは別邸の使用人に説明すべきだろう。どこかで迷ってしまい、保護されているのかもしれない。それとも、元の場所に戻れずどこかの空き部屋にいるという可能性もある。

デミオンはリリアンの荷物を片手に、部屋を出た。そのままこの屋敷の執事に説明するべきだろうと考える。品評会に関係しなければよいがと心配しながらも、十中八九そうだろうとも思ってしまう。

リリアンの荷物を屋敷の者に預け、念のためホールの方を覗く。もしかしたらという希望的観測だ。あちらこちら視線を走らせるが、リリアンらしき人物は見えない。すでに招待客がホールに案内されているので、何処を見ても、人、人、人で、見知らぬ他人ばかりだ。見覚えのある髪飾りを付けた婚約者の姿は、見当たらない。

やはりここにはいないらしいと、デミオンが判断した時だ。背後から誰かがぶつかってきた。次にはちょっとした悲鳴。お次は床に転ぶ音か。

わざとらしいその行為は、驚く相手の声に反して衝撃がない。それでも、先方は大袈裟に言ってくる。この状況に既視感を抱くのは、以前の婚約者を思い出してしまうからか。

「ご、ごめんなさぁい……。マリア、間違ってぶつかっちゃったみたいで、お怪我とかないですかぁ？」

「いいえ、こちらこそ申し訳ありません。俺が周囲をよく見ていなかったからですね」

床に倒れてしまった淑女へ、デミオンは申し訳なさそうな表情のまま、手を差し出す。

そこにいたのは、今流行の髪型をした令嬢だ。小柄で甘ったるい声をしている。その顔立ちも綺麗というよりは愛らしく、小動物をイメージさせる。しかも髪飾りもドレスも、とびきり上等な品だ。布は大陸からの輸入品で特級クラスのもの。独特の光沢は一度だけ見たことがある、白夜絹の織物。大きな髪飾りの宝玉も精霊石も、煌めきから質まで本人にそぐわないほど品が良い。

「……本当に、ごめんなさぁい。今日は素敵なケーキがあると聞いて、マリアドキドキしててよそ見してしまったのかもぉ……」

「ええ……今日は素敵な日ですからね。俺も緊張していますので、お気になさらず」

そうして、身を起こすのを手伝えば、何故か手を離せられなくなる。理由は簡単だ。相手の女性が手を摑んでいるからだろう。思っていたよりもしっかり握られ、意外に強引なよう。

とはいえ、そういう女性は世に彼女だけではない。デミオンが知る限り、他に二名ばかりいる。

（……リリアン嬢も、別の意味で強気な女性かな）

それにしても、彼女はどこにいるのだろう。

「えっとぉ……アナタはデミオン様ですよね！」

「ええ、俺はそういう名前ですが、どうしてご存じかお伺いしても？」

「だってぇ、夏の宴のお話、とても有名ですもの！　でも、ご本人はとても素敵な方！　王女様って、こう言ってはなんだけど、見る目がない方なのねぇ……。えへ、銀色の髪なんて、マリア初めて見るわ!!」

「褒めて貰えて光栄ですね。珍しいですか？」

尋ねれば、うっとりと見上げてくる。美しく塗られた爪が、デミオンへ伸ばされる。遠慮などないらしい。肩まであるプラチナの髪に触れ、その質感を楽しむかのよう。

デミオンは誰かとは違う心地に、ぞっとする。

「ええ、作り物みたいに綺麗ねぇ……マリア欲しくなっちゃう。それに身長も高くって、格好良いわ！　優しそう……」

「そんなに褒め言葉を並べられると、困ってしまいますよ」

「うふふ、困った顔も素敵で、キレイ!!　そんな風に見られると……マリアも困っちゃう」

くねくねと身をよじり、恥じらっているつもりなのだろう。確かに女性らしい仕草だが、デミオンが思い出すのは別の態度だ。ぎゅっと我慢して自分を見つめる相手のほうが、嫌ではないなと比べてしまう。

「ではふたりっきりでじっくり見てみませんか？　可愛らしい、マリア嬢」

そう口にすれば、金髪の令嬢はぱっと頬を染める。潤んだ瞳がじっと、デミオンを見つめてくる。

「そんな……恥ずかしいですぅ」

「どうか、恥ずかしがらないで……愛らしい方」

そう言って、デミオンはマリアをエスコートしながら、ホールを後にする。

「これもきっと、運命かもしれません。精霊が導いたものでしょう。ええ、どうぞマリア嬢」

とびきり魅力的な表情で、デミオンはとある個室に案内する。相手が部屋に入りきったのを見計らい、自分の背で入り口を塞ぐとエスコートした手を握りしめる。ぎっちりと力を込めた。

「い、いったぁ……!!　デミオン様、力が入りすぎですぅ……」

「ご冗談を。俺の手を放そうとしないのは、そちらだったではありませんか？　なのに放して欲しいなどと、言わないでくださいよ」

ぎりっと力をさらに込めれば、相手の顔色が変わっていく。あっという間に青ざめ、こちらを睨み付けてくる。

「な、何を言っているのか、マリア分かんなーい！」

「分からないなら、思い出して貰うだけですよ」

そう言って微笑むデミオンの顔は、先ほどとは違う。柔らかそうな顔立ちに変化はないが、雰囲気だけは寒々しいものに変わっていた。

おもむろにタイピンを相手の顔へかざし、デミオンは説明する。

「ちょっと痛いかもしれませんが、そうしたほうが思い出しやすいでしょうしね。知っていますか？　爪と肉の間って、うっかり切るととても痛いんです。それと同じで、そこに針を無理矢理刺したら、とても痛いそうですよ。俺は書物でしか知りませんが、そういう拷問方法も世にあるとか」

「……ちょ、ちょっと何言って」

慌てて手を離そうとしても、遅い。何しろデミオンの握力が、ただの令嬢に劣るわけがない。ジタバタもがいても、びくともしない。逃げられるはずがないのだ。

「知らないふりをしないでくださいよ。リリアン嬢から婚約者を奪ったのは、貴女なんですよね？　で、今度は俺ですか？　節操がないくせに淑女の真似事とか、気持ち悪いです」

摑んだ手をひねり上げれば、マリアの顔が歪む。きっとこういう目にあったことがないのだろう。

「や、ヤメテ!! あ、アナタそんなことして……どうなっても知らないわよ！」

「へえ……興味深いですね。何が起こるんです？」

問えば、マリアは忌々しそうに笑う。彼女の方が追い込まれているというのに、まだまだ自分には余裕があると思っている顔だ。

「アハ！ 今日の奇跡のケーキとやらは、失敗するわ!! さあ、謝るなら今よ。マリアのものになるなら、考えてあげるわ。アナタ……『約束された子』なんでしょう？ アナタを手に入れたら、何でも上手くいくようになるって教えて貰ったもの。マリアを幸せにしなさいッ!!」

懐かしくも忌まわしいフレーズに、デミオンの手が止まる。思わず、反応してしまった。そんな自分に舌打ちしたくなる。

「……それ、誰に聞きました？」

「教えてあげても良いけど、タダでは無理よ」

「でしょうね」

想定内のことしか喋らない、その頭の悪さにデミオンは溜息をつく。聞きたいのはそういうことではない。

「きっと俺の知っている人間でしょうし、話したくないならどうぞご勝手に。ただしその相手、信用しない方がいいですよ」

「フン、それって負け惜しみぃ？」

「まさか。利用され捨てられる淑女を憐んでいるだけです」

「……そんなワケないわ！　ウチはお金なら沢山あるのよ！　凄いのよ！」

デミオンの言い方が気に入らなかったのだろう。先程とは違う意味で、マリアが顔を真っ赤にする。

「貴女みたいな娘がいる家から金を毟り取る方法なんて、幾らでもありますよ。理由だってなければ作ればいい。そこそこの権力があれば、難しいことじゃないですね」

「嘘をつかないでよッ！」

世間知らずの娘が何を叫ぼうとも無駄だ。誰の手のひらの上で踊ったか、自覚もなければ残るは身の破滅。この相手と話しても新たに得るものはないだろう。時間の無駄になる。さっさと口を割らせる方が合理的だ。

「やはり、爪に針を刺しますね」

持ったままのタイピンを、彼女の手に近づける。その先端がキラリと光った。

「大丈夫、マリア嬢の装いならば、きっとばれませんよ。丁度良いことに、爪を綺麗に染めていますからね」

「あ、アナタ……おかしいわ!!」

そう詰る声に、むしろ彼は薄く微笑む。

「お褒めの言葉、嬉しいです。頭の中身が大変可愛らしい、マリア嬢。俺はあまり親切な性格じゃないんです。その割に器用で何でも出来る質でね……ねえ、教えて貰えませんか？　リリアン嬢を何処に連れて行ったのか」

「わ、わ、分かったわ……、教えるから放して!!」

「それはありがとうございます。でも、放すことは約束してませんから、無理ですね。それとこれとは話が別ですよ」

「こ、この最低男っ!!」

「罵詈雑言には慣れてる身なので、お好きにどうぞ」

そう言って、デミオンは拘束するためのものを探す。思わずポケットから出てきたのは、リリアンが刺繍してくれたハンカチだ。生まれて初めてもらった、自分のためだけに手を掛けてくれたもの。

母親からも貰えなかったそれを、リリアンは約束通り贈ってくれた。苦手な刺繍に費やした時間は、どれぐらいだったのだろう。それはデミオンへの思いと比例するはずだ。

(これを、こんなことで使うわけにはいかない)

デミオンは自らのタイをほどくと、それでマリアを拘束する。リリアンを連れ去っただけではあるまい。他にも何かしているはずだ。けれども、全てを調べるには時間が足りない。

「何よ、あんな振られるような女が良いわけ!!」

両手を縛られた相手がわめく。その甲高い声に顔をしかめながら、デミオンはきっぱりと、告げた。

「ええ、目の前のクズよりは善良で素敵な女性ですから」

やることは沢山あるが、まずは囚われの君を救い出すのが最優先だ。

「待てっ!!」

複数の足音を後ろに、リリアンはひたすら走る。待てと呼ばれて待つ者などいないとばかりに、全力疾走だ。けれども、生憎とこちらはごく普通の令嬢。まして、男と女では体力が違う。

どこかに隠れて、入り口を目指すしかないだろう。

手近なドアに手をかければ、ラッキーなことに鍵が掛かっていない。そのまま滑り込む。カーテンで薄暗い部屋は、誰かの寝室らしい。寝台の下は、脚が高くないタイプなので入り込むのは厳しい。

しかし、急がなければ誰かが追いつく。

あの後、焦ったアランがばらしてくれた。マリアに命じられて品評会の邪魔をしたと。そうやってデミオンを失敗させるのだと言う。そして嘆く彼の下へマリアが登場するらしい。失意のデミオンを慰め、運命の恋に落ちるのだといっていた。そうやってリリアンから奪う予定だったらしい。都合良く買い叩くために、デミオンには不幸になってもらうのだと平気で言ってくる。なんて無茶苦茶な話だろう。

よくそんな馬鹿な話に、アランも乗ったものだ。けれども、彼はもうそれしかないのだと言っていた。お前のせいだと詰られて、少しだけリリアンの胸が痛む。

そうしていたら他の人がやって来たので、リリアンは家具にかぶせてあった布をぶつけて、一目散に逃げ出したのだ。

（でも、意外に要所要所に人がいたのよね）

突き進んで大きな通路に出たところで、別の相手に見つかり、リリアンはこの追いかけっこを余儀なくされた。アランのような、ちょっと育ちの良さそうな人もいれば、庶民だと思われる人もいる。

（もしかして、マリアの取り巻き……とか？）

意外に彼女は、手広くやっていたようだ。もしくは、こういうことを手伝ってくれるお友達が多いのかもしれない。

リリアンは室内の扉を開け、隠れられる場所をひたすら探す。衣装部屋はダメだ。鏡が剝がされた扉を閉め、何かないか見回す。けれども何もない。

いや、あるのか。

（ええい、ままよっ!!）

リリアンは両開きの窓を開け放ち、バルコニーに出る。ここから、他の部屋に行けないか試すのだ。捕まることを思えば、こちらに進むのだってリスクは大して変わらないだろう。

壁面には装飾の出っ張りがある。ブーツを脱ぎ捨て、靴下のままそこへ向かう。背後でアランが自分を呼んでいるようだ。

「……リリアン、死ぬつもりかっ!!」

「そんな気、全然ありませんからっ」

人攫いの台詞だろうか。バルコニーの手すりに上がると、そのまま壁伝いに出っ張りに利き足を乗せていく。上手くそちらへ渡れば、後は抜き足差し足、すり足でゆっくりと進むだけ。

絶対に下は見ない。どう考えてもここは一階ではないので、落ちたら大惨事。けれども、捕まるのはもっと嫌だ。

（わたしは……おうちに帰るんだから！）

そうだ。家に帰って眼鏡男子の父としっかりレディの母に会うのだ。きっとリリアンの姿にびっくりするだろうが、無事で良かったねと抱きしめてくれるはず。世界で一番リリアンを心配してくれる両親だから、必ず我が家に帰りたいとリリアンは思う。

――そして。

銀髪の婚約者を思い描いた。契約によりリリアンのお婿さんになってくれる人だ。王女に振られて、実家で意地悪をされて、嫡男の座から蹴り落とされて、だからこそリリアンが世界で一番幸福にしたい男の人。

(デミオン様の品評会が、上手くいきますように!!)

(……わたしの大切なお婿さん)

今日参加している誰のケーキよりも、彼のケーキが輝くよう、神様もとい精霊王に願う。精霊が本当に一途な思いを愛でてくれるというならば、自分の願いだって聞いて欲しい。不遇だった彼が、今度こそ幸せになれる第一歩だ。そうして、彼の出来ることを、彼が素敵なことを、多くの人が目の当たりにするだろう。才能に驚くはずだ。

(誰かの努力を大切にしてくれるのならば、デミオン様にも誰か、素敵だって伝えてよ!)

皆に祝福される彼が見たいと思う。

幸せな顔に囲まれた彼を見せて欲しい。

(ここから逃げ出して、デミオン様をお迎えするの! おめでとうって、一番に言いたいんだから!!)

秋風が頬をなぶる。つま先が硬い縁を恐る恐る探る。身体を必死に壁へ預け、バランスに気を遣う。大丈夫と自分に言い聞かせる。あと少しだからと慰める。そう、二メートルもない。自分の身長ぐらいの距離を行けば、次のバルコニーの手すりに、ぎりぎり触れられる。震えるなと、自分の身体を叱咤した。

リリアンの背後で、アランがまだ文句を言っている。反対側の部屋へ行け、鍵が掛かっているなら壊せと喚いている。

リリアンに対して酷い振り方をしたのに、目の前でこんなことをされるのは嫌なのだろうか。自分勝手な男だ。あの時、リリアンが当てつけに自害なんてしたら、どうするつもりだったのだろう。

「リリアン、やめろ！　お前が死んだら……伯爵が悲しむぞ！」

「貴方に言われなくたって、分かります。だから放っておいてよ」

「し、死ぬほど嫌なのか？　ふ、振ったことは謝る。な、何ならやり直そう!!」

それから、彼はまるでそれが最高の名案であるかのように言ってきた。

「そうだよ、僕とやり直そう!!　あの男はマリアにとられるんだから、僕とやり直せばお前だって困らないだろう！　お前の家は僕が継いでやるよ」

リリアンは、あんまりな話に頭が真っ白になる。何を言っているのだ。混乱しているのだろうか、それとも自分の考え方がおかしいのか。

(継ぐって……わたしの家はわたしの子どものものだよ!)

「ほら、リリアン!! 僕の手を取れ!」

伸ばしてくるアランの手を、リリアンが避けようとして振り払ったからか、身体の重心がずれたのだろう。それとも足下が狂ったのか。

ぐらりとした。

視界が斜めになる。

文句を言っていたアランが、もの凄い形相になった。

(……これは……前世の記憶にない感覚かも……)

足の下に何もないと思うと同時に、リリアンの身体は驚くほど速く下へと落ちていったのだ。


死にかけたら走馬灯が走るというのは、前世の記憶からだ。けれどもリリアンはよく分からない。浮かぶのは生まれてから今までの思い出ではなく、恐怖ばかり。落ちているという血の気が引く出来事と同時に感じるのは、死んでしまうという恐れ。いや、死にたくないと瞬時に思う。

（いやだ、いやだ、いや……助けてっ！）

そもそも自分がいた場所が、二階なのか三階なのかも分からなかった。今分かるのは落ちて死ぬ自分だけだ。

「いやいやいや――……で、デミオン様――っ‼」

――ドサリッ‼

遠のきそうになった意識が、衝撃によってまた戻ってくる。今何がどうなったのだろう。怖いという感情で訳が分からなくなったリリアンだが、それでも痛いはずの身体が痛くないことに気がついた。

「はは……、こうなるとは思っていなかったので、正直本当に驚きました」

知っている声がする。

「リリアン嬢、大丈夫ですか？」

これも知っている喋り方。

「ブーツはどこかでなくしてしまいましたか」

のぞきこむ知っている顔に、リリアンの心が緩(ゆる)んでいく。我慢したものがほどけてしまうように、目尻(めじり)に涙が滲(にじ)んでいた。

「……で、デミオン、さま……！」

「カンネール伯爵曰く、貴女はお転婆だったそうですが、あまり俺をはらはらさせないでください」

受け止めた彼の体温に安堵する。それと同時に、彼に抱きついた。何かを握って現実を確かめたいのだろう。今になって手が震え、デミオンの上着を皺になるほど掴んでしまう。

「あ、ありが……とう……ござい、ます」

「いいえ、俺はリリアン嬢の婚約者ですからね。この世で真っ先に貴女を心配する権利があるんです。当然ですよ」

彼の言葉が、優しく沁みていく。心の柔らかい部分に届いていくよう。

そうなんだと、リリアンは思う。今まで、一番リリアンを心配してくれるのは自分の素敵な両親だった。だけど、今は違う。違っていたのだ。

（婚約したら……、そういう人が増えるんだ。わたし全然気がつかなかった）

婚約は将来の約束。いつか婚姻して一緒に暮らす予定の相手。ただそれだけ。一方、恋は綺麗で甘くてドキドキして、ふんわりした心地よいもの。だからみんな大好きで、憧れるもの。前世の恋愛漫画もドラマも、多くの人が夢中になっていた。

そういうものだと思っていた。だからリリアンは恋に憧れて、一瞬でアランを好きになった。自分に優しくて大切にしてくれると思ったから。そう感じたから、それが素敵な

ものだと見誤ったのだ。

（……恋しなくても……、ドキドキしたりするんだ）

契約だから、大切にしないとと思っていた。ちゃんと頑張って、幸せを自分が約束するんだと考えていた。彼は今まで大変苦労してきたから、自分が何とかするんだとずっと気を張っていた。けれどもそれはリリアンひとりでなすことではない。デミオンとふたりで築くことなのだ。

（その割には……してもらうことも多かった気がするけど）

その時、頭上からの声がリリアンの思考に割り込んでくる。

「お前っ‼　何でココにいるんだよっ」

「リリアン嬢を捜したからに決まっているでしょう」

「じゃあ、品評会は失敗したんだな！」

その言葉に、リリアンもはっとする。

（そうだ、品評会っ！）

「デミオン様、ケーキは？　何かされたりしませんでしたか？」

がばりと顔を上げ、食ってかかるようなリリアンへ彼は笑顔を向ける。

「俺を信じてください、リリアン嬢」

でもとごにょるリリアンだったが、さらに追加で「俺を信じてはくれないのですか？」

と言われて、それ以上言うのは諦めた。そう言うからには、きっと大丈夫なのだろう。全然よく分からないが。

「今回の品評会、波乱があったそうなので明日の新聞の記事になるそうですよ。貴方は俺より、自分の心配をした方が良い」

見上げる彼の先には、三階のバルコニーから身を乗り出す元婚約者がいる。しかもデミオンが口にする内容に、アランの顔色はどんどん悪くなっていく。

「ふ、ふざけるなっ‼　お前、ウソを言っているんだろう。大体、お前がリリアンと婚約だなんて、おかしいんだっ！　どうせ、政略とかそんなものなんだろう‼」

頼まれたんだろうとか、命令だったのかとか、次々とアランが憶測を口にした。自分に都合の良い妄想を言葉に変える。

けれども、それにデミオンが頷くはずがない。

「政略結婚？　言うに事欠いて、随分な言葉ですね。俺とリリアン嬢は相思相愛ですよ――ね？」

そういって、デミオンがリリアンの顔を覗き込む。ふたりだけに聞こえる声で「合わせて」とそっと告げながら。

「……は、はい！　わたしは、デミオン様をお慕いしております」

「ということですよ、アラン卿。貴方が復縁する相手はもういないのだと、お分かりいただけましたか？」

「ウソをつくなっ!! リリアンは僕にぞっこんだったんだぞ！ 世間知らずで、ちょろい女で、優しくしてやったらすぐにその気になって、……僕は、僕はずっと上手くやってたんだっ！ お前だって、本当はリリアンなんて好きじゃないんだろう!!」

途端、アランが絶叫する。

その言い草を聞きながら、リリアンは自分がどう見られていたかを改めて知った。そんな風にアランは考えていたから、初めて会った時からリリアンに優しかったのだ。否、優しい振る舞いでリリアンを騙していたのだろう。簡単に手に入るものだったに違いない。

（……馬鹿みたい。わたし、振られて凄くショックで悲しくて）

今でも彼の言葉に傷つく己が嫌になる。自分にとってのきらきらは、彼にしたら安物のイミテーションだったのだ。簡単に作れて、本物になり得ない偽物。

（だけどさ……わたし、あの頃は本当に恋してたんだよ。好きな人がいて、毎日彼のことを考えてて、いつか来るプロポーズを待ちわびてて……）

そうして、前世の記憶にはない幸せが訪れるのだと思ったのだ。指輪交換がない代わりに、想いのこもったアクセサリーを贈られ、今の両親のような夫婦になれるのだと、信じていたのだ。

それは、愚かで安易だったのだろうか。

馬鹿みたいな夢なのか。

あの時我慢した涙が溢れてくるようで、リリアンは唇を噛む。絶対に泣かないと誓ったのだから、それを破りたくない。破るのは、もっともっと困った時だ。

「何でも自分を基準としないほうが良いですよ。世の中の人間が、全て貴方と同じ考えだと思ってもらっては、俺も迷惑です」

そういって、デミオンがリリアンを覗き込む。感情を堪えるための強ばりをほぐすように、労わるような声で語りかけた。

「リリアン嬢、貴女は十分魅力的な女性ですよ。俺には勿体ないくらいの人だ」

そうして、リリアンを深海の色の瞳が見つめる。

「もし俺と貴女が上手くいかない時が来るならば、それは貴女のせいではないでしょうね」

「……デミオン様？」

「口では何とでも言え……うぐっ！」

頭上の罵声は途中でくぐもったものになる。やがて、聞こえなくなってしまう。それどころか、姿も見えない。

リリアンを抱いたまま、デミオンが事もなげに言う。

「俺ひとりでは危ないので、取り急ぎ公爵へお願いして私兵を派遣してもらいました。さあ、リリアン嬢、品評会に戻りますよ。ウェールの順番は、ラストにしてもらったので、まだ間に合います」

そう言って、彼がリリアンを抱き上げたまま向かうのは、馬車ではない。毛並みの良い馬だ。

「近道する都合上、かなり揺れるので俺に摑まっていてください。お口は閉じておくことをお勧めします」

その後、確かに彼の言葉通り、リリアンは舌を噛まないよう無言でしがみつく羽目になったのだ。

「……ジュリアン様」

そっと従者が耳打ちする。それを聞きながら、名を呼ばれた相手は残念とばかりに溜息をついた。

「期待はしていませんでしたが、本当に使えませんね」

彼は遠目に何かを眺める。視線の先には銀髪の異母兄の姿が僅かに見えていた。

「全く、兄上もお人が悪い。自分が化け物だってことを、忘れたわけではないでしょうに」

それから従者へ視線で命じ、馬車を走らせその場を去ったのだった。

エピローグ

『今年の品評会は、随分と語り継がれるものとなるだろう。途中、用意された菓子への妨害行為があったとされるが、どの作品も素晴らしい出来映えである。

特に、審査員全員を唸らせた【奇跡のケーキ】は、頭ひとつどころか、ふたつも三つも飛び抜けた出来映えで、言葉を失うほどだ。そのため、本記事において、詳しく記述するのは控えるとする。

ただこのケーキは、今は亡き幼い王女への愛が綴られた結晶であり、多くの人々の思いの形であると覚えていて欲しい。もし、王都のカフェ、あの有名店ウェールを訪れる機会を得たならば、必ずこのケーキを口にして欲しい。あなたを驚かせ、今までにない初めての経験を得ることは間違いないのだから。』

リリアンは品評会の記事を、今日も読み返す。サンルームで花に囲まれながらお茶の時間にこれを見るのが、最近の日課となりつつある。

この新聞の紙面通り、あの日デミオンは品評会で最優秀賞に選ばれたのだ。

そのケーキは、うっとりするほど美しいものだった。飴細工と金箔、生クリームの真っ白な表層を食べられる青薔薇の花びらで彩ったお菓子は芸術作品と呼ぶに相応しい姿だった。切り分けた中も美しかった。薔薇のエッセンスを加えたことによる香りと、あの奇跡のような三層が大層目を引いた。しかもブルーベリーが下層に入っているので、断面の色も華やかでリリアンが初めて食べた時よりも進化していた。

会場中、拍手と称賛が溢れ、デミオンは多くの人に感動を贈ることとなった。新聞でもこのように記事となり、今ウェールでは一番の人気ケーキとなっているらしい。それどころか、例のカフェを紹介してくれという人々があちこちで見られるようになった。

それこそ、リリアンの両親も誰かに会う度にそう言われるらしい。今やデミオンとケーキは時の人だ。

「また、その新聞を読んでいるんですか、リリアン嬢」

後ろから、噂の当人に声を掛けられる。

「ええ、この新聞、わたし絶対捨てずにとっておきます！」

スクラップして、何度も読み返そうと思うくらいだ。

（デミオン様が、みんなに認められて、その実力を証明された記念品みたいな感じだしね）

この新聞とケーキの評判もあって、夏の宴でのことも見直されている。デミオンが一方的に詰られていたせいで、彼を悪く言う人もいたのだ。けれども、この品評会以降それもすっかり聞かなくなった。

また、新聞の別面にはフォルス商会の譲渡の件が衝撃的に書かれていた。持ち主のスコット男爵の愛娘の不祥事により、莫大な支払いをする羽目になったとか。代わりに男爵は爵位も返上し、娘と妻の三人で逃げるように出国したそうだ。向かう先は妻の故郷だとか。アランはホール伯爵家から除籍された後、どうなったか詳しくは知らない。ただ、チルコット公爵がパトロンをしていた品評会で起こったことなので、厳しいことになっただろう。それはあの時一緒に捕まった全員がそうらしい。

リリアンは巻き込まれた被害者ということで、むしろ公爵家に気を遣われ、戦々恐々としている。サスキア王太子妃殿下の名で見舞いの花束と書状が届いた時など、気が遠くなったものだ。しかも、今度こそ本当に本の交換会がしたいとさりげなく添えられていて、やはり気が遠くなりかけた。

「リリアン嬢、恥ずかしいのであまり見ないで欲しいです。その記事、俺の顔のことも書いてあって……大袈裟ですよね」

そう、この記事の記者はデミオンの見目まで細かく描写しているのだ。きっと絶世の美貌の子爵という謳い文句を使いたかったのだろう。それが見出しにあるだけで、世の半分の人が記事に目を向ける可能性がある。

そんなわけで、今リリアンも絶賛引きこもり中だ。社交でもしようとお茶会にほいほい気軽に出たが最後、話題の美しき子爵を紹介してくれと、令嬢に詰め寄られてしまうからだ。令嬢だけでなく、その母親たちにも迫られるので、とっても困ってしまう。

これは早急に婚約発表をしなくてはと、両親も焦るほど。とはいえ、リリアンは複雑だ。これほど注目されるのならば、やはり自分よりも好条件の相手が現れるのも時間の問題だろう。

アランにああまで言われてしまう、チョロい自分が彼の隣にいて良いのだろうか。世の契約とて絶対ではない。未来永劫なんていうものはなく、条件によって解消するものだ。

知らず、リリアンは溜息をついてしまう。

（……でも、でも、わたし……）

思い出すのは、自分を心配する権利があると言ってくれた、彼のこと。その言葉ばかり心の中で何度も繰り返してしまう。

「……駄目ですよ」

ふと、頭上から降ってきたのはデミオンの否定の言葉。まるでリリアンの心情を読んだかのようだ。

「俺はリリアン嬢の婚約者という立場を、手放す予定はありませんから、変なことを考えないでください」

「ですが……」

しかし、リリアンの唇を塞ぐように、彼の人差し指が触れる。そうして、微笑まれるのだ。

「どうして俺が、ケーキの販売をしようと思ったかご存じですか？」

確か、欲しいものがあると彼が言っていたからだ。着の身着のままカンネールの家に来てしまった彼は、先立つものがない。衣食住は伯爵家で用意できるが、彼とて個人的に欲しいものが出てくるはず。だから個人的にお金が必要なのだと思ったのだ。リリアンとてお小遣いのようなものはある。

さらにデミオンは男性で、リリアンとは立場が違う。

「……欲しいものがどうしてもあったんです。急いで用意したので、これは仮のものだと思ってください」

そう言ってデミオンが跪く。

リリアンの頭は沸騰寸前だ。このシチュエーションは、前世の何かで見たものではないか。チョロいらしい自分のどこかが、ドキドキし始めて、緊張が止まらなくなってしまう。

「いけないです……だって、わたしきっと」

彼を手放せなくなるだろう。

けれども、それは正しいのだろうか？

「デミオン様は分かっていないんです。わたしはずっと強欲（ごうよく）で、我（わ）が儘（まま）で」

今とて、己（おのれ）の胸は高鳴り、まるで過去を繰り返すよう。抑えた気持ちが大きくなり、リリアンを支配してしまうだろう。

しかしデミオンはそれすら意に介（かい）さず、ずっと微笑むばかり。いいや、なんて質が悪いのか。優（やさ）しく甘く紡（つむ）ぐのは、リリアンを唆（そそのか）し、誑（たぶら）かすのに相応しい言葉ばかりだ。

「いいえ、俺の知る貴女（あなた）は、強（したた）かで、誠実で、その上どうしようもないほど善良な方ですよ」

「それはデミオン様の買いかぶりです」

「買いかぶりで、結構ではないですか？　俺は貴女に幻滅（げんめつ）なんてしません。むしろ貴女の方こそ、俺にがっかりするかもしれませんしね」

「そんなことありませんっ！」

「ほら、そういうところです。どうぞこのまま、俺を捕まえていてくださいよ」

「だけど」

逃げ出したい身体（からだ）を捕（と）らえるように、彼の手がリリアンの手を握（にぎ）る。そして立ち上がり、椅子（いす）に座ったままの彼女を閉じ込めるように、肘掛（ひじか）けにもう一方の手を掛ける。

「ねぇ……リリアン」

触れるのは、耳朶。皮膚の薄い箇所を彼の息が掠めてリリアンを恥じらわせた。

デミオンの声が、リリアンの鼓膜を震わせる。初々しい乙女に手をかけるように、蠱惑が言葉となり注がれていく。

「俺では貴女の婿に相応しくはありませんか？　俺を信じてくれるというあの言葉、嘘ではないはずでしょう」

「……で、では、覚悟なさってください、デミオン様！」

そうならば、是が非でもリリアンと一緒にいてもらう。ずっと隣にいてもらうのだ。

「ええ、勿論。俺を貴女のただひとりの婿として、ずっと可愛がってくださいね」

そうしてデミオンは、リリアンに小箱を差し出す。開いて見せた中には彼の想いと誠実さを語るかのように、慎ましい髪飾りがあった。

落としてなくしてしまったものと同じ意匠の菫色の髪飾りだ。花芯に精石をあしらい、デミオンの深海を思わせる深い青い花弁をしたエナメル製のもの。

「いつか、この花を白い百合に変えて貴女だけにお贈りいたします」

「……デミオン様」

見上げるリリアンの緑の瞳には、たたひとりだけが映っている。もう、彼しか見えなかった。

「どうか、目を閉じて。貴女に触れる、無粋な俺を許してください……」

そうして、彼女へ彼の唇が触れる。かき分けた前髪(まえがみ)の向こう、額へと口づけが落とされたのだ。

END

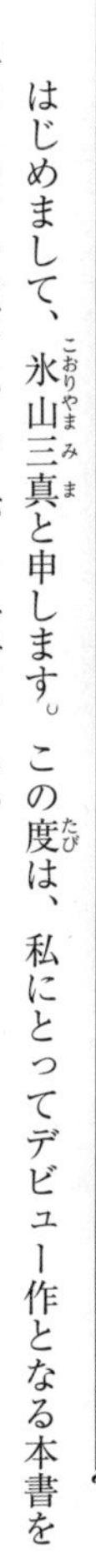

あとがき

はじめまして、氷山三真と申します。この度は、私にとってデビュー作となる本書を手にとっていただき、ありがとうございます。

この作品は、不遇なヒーローをヒロインが拾って救うストーリーにしたい！　と思い立ち、書き始めたお話です。

そのため、主人公のリリアンは強くて逞しく、へこたれない女の子です。私自身も挫けない女の子は大好きなので、皆様にも応援してもらえたら、とても嬉しいです。

その分、ヒーローが癖のある面倒な感じになってしまいました。とはいえ、ちょっと面倒なくらいが格好いいと思っている人間なので、一緒にお付き合いいただければ幸いです。

そんな訳で私の大好きな組み合わせで書いた本作は、ネット上にて連載をしていました。その間、大変嬉しくもありがたいことに皆様のご声援を受け、書籍という素晴らしい形になることができました。

数多ある作品の中から、本作を見つけてくださった担当様、本当にありがとうございます。後ろを振り向かずに、毎日ヒーヒー言いながらひたすら書いていたこの作品を応援してくださった皆様も、ありがとうございます。

何度も繰り返してしまいますが、感謝の気持ちで胸いっぱいです。

特に、担当様には何もかも分からぬ初心者であった自分へ、初歩的なことから教えていただき、とても勉強になりました。的確な助言のお陰で、リリアンやデミオンだけではなく、アランも生き生きと紙面で描くことができました。

また、表紙と挿絵を手掛けてくださった萩原凛先生。お忙しい中、素晴らしいイラストをありがとうございます。リリアンもデミオンも、私の想像以上にイメージぴったりで、眺める度にうっとりとしております。

キャラクターに姿と命を吹き込んでいただき、作品世界を鮮やかに彩ってもらえて感無量です。

最後に、本作の出版に関わる皆々様、誠にありがとうございます。

そして、ネット上の連載時から応援してくださった読者の皆様、本書を読んでくださった皆様。大勢の皆様の支えにより本書が出来上がりました。ここまで読んでくださったこと、心よりお礼申し上げます。

また皆様にお会いできる機会を、切に願っております。

氷山三真

■ご意見、ご感想をお寄せください。
《ファンレターの宛先》
〒102-8177 東京都千代田区富士見 2-13-3
株式会社KADOKAWA ビーズログ文庫編集部
氷山三真 先生・萩原 凛 先生

●お問い合わせ
https://www.kadokawa.co.jp/（「お問い合わせ」へお進みください）
※内容によっては、お答えできない場合があります。
※サポートは日本国内のみとさせていただきます。
※Japanese text only

その婚約者（こんやくしゃ）、いらないのでしたらわたしがもらいます！

ずたぼろ令息（れいそく）が天下無双（てんかむそう）の旦那様（だんなさま）になりました

氷山三真（こおりやまみま）

2024年 1 月15日 初版発行

発行者　山下直久
発行　株式会社 KADOKAWA
〒102-8177 東京都千代田区富士見 2-13-3
（ナビダイヤル） 0570-002-301
デザイン　横山券露央（Beeworks）
印刷所　TOPPAN株式会社
製本所　TOPPAN株式会社

ISBN978-4-04-737789-9 C0193

定価はカバーに表示してあります。
◇◇◇